CÉCILE ET SON AMOUR

Ecrivain et scénariste, Janine Boissard, mère de quatre enfants, est l'auteur d'une grande saga pleine de tendresse et d'expérience vécue, L'Esprit de famille. *Cette œuvre romanesque comprend six tomes :* L'Esprit de famille; L'Avenir de Bernadette; Claire et le bonheur; Moi, Pauline; Cécile la poison *et* Cécile et son amour. *Un feuilleton pour la télévision a été tiré des quatre premiers volets de cette saga; il a été plusieurs fois diffusé avec un grand succès.*
Janine Boissard a publié trois autres romans : Une femme neuve, *ou comment surmonter l'épreuve d'un divorce;* Rendez-vous avec mon fils, *les parents face à la drogue; et* Une femme réconciliée *qui raconte la découverte de l'amour et de la passion par une femme dans sa quarantaine.*

C'est Noël ce soir et, à « La Marette », on prépare la fête lorsque la nouvelle tombe : le docteur Moreau, le chef de famille, vient d'être victime d'un accident cardiaque ! Impossible, inacceptable. Tout simplement, cela ne se peut... Et pourtant, il va falloir regarder l'évidence, réapprendre à vivre et même à rire sans celui qui était le pilier de la maison. Perdre un père, un mari, c'est cela aussi, *Cécile et son amour.*
Souvent, on dit des jeunes filles d'aujourd'hui qu'elles « sautent le pas » trop tôt, se gaspillent, se retrouvent blasées avant l'âge. Mais qui parle des autres ? De celles qui, comme Cécile, se sentent peu attirées par cet amour dont on parle partout et la plupart du temps si mal ? Celles qui craignent de ne jamais rencontrer l'homme avec qui elles découvriront l'amour total ? Cette rencontre, c'est ce que va vivre Cécile dans *Cécile et son amour.*
Mais, également, ce roman conte l'émouvante histoire de Benjamin, quatre ans, petit garçon triste et solitaire, dont notre héroïne découvrira qu'il est un enfant surdoué. Et le combat de Bernadette, la Cavalière, courageuse et têtue, qui a décidé, envers et contre tous, de sauver le château de ses beaux-parents en y installant un manège de poneys !
« L'*esprit de famille,* dit Cécile, je le vois comme un arbre, comme la sève qui passe dans cet arbre. » C'est bien cette sève, riche, nourrissante, qui permet au
entourent, de regarder en f
l'amour, la vie.

Paru dans Le Livre de Poche :

L'ESPRIT DE FAMILLE (t. 1).
L'AVENIR DE BERNADETTE (L'Esprit de famille, t. 2).
CLAIRE ET LE BONHEUR (L'Esprit de famille, t. 3).
MOI, PAULINE ! (L'Esprit de famille, t. 4).
CÉCILE, LA POISON (L'Esprit de famille, t. 5).
UNE FEMME NEUVE.
RENDEZ-VOUS AVEC MON FILS.

JANINE BOISSARD

L'ESPRIT DE FAMILLE
VI

Cécile et son amour

ROMAN

FAYARD

A Maurice Biraud, qui a su faire vivre à l'écran, un docteur Moreau sensible et émouvant.

L'ARBRE « ESPRIT DE FAMILLE »

FAMILLE MOREAU

LES PARENTS	*Docteur Moreau :* « Charles » pour ses filles. « Daddy » pour ses petits-enfants. *Madame Moreau :* Pour tous, une fois pour toutes : « Maman ».
LES QUATRE FILLES	*Claire,* dite la Princesse. *Bernadette,* dite la Cavalière. *Pauline,* n'a jamais eu de surnom. *Cécile,* dite la Poison.
LES RUSTINES	[maris de trois des filles] *Antoine Delaunay :* Médecin. Mari de Claire. *Stéphane de Saint-Aimond :* Avocat. Mari de Bernadette. *Paul Démogée :* Ecrivain. Mari de Pauline.

LES ENFANTS	*Gabriel :* Fils de Claire et Antoine : 5 ans. *Les jumelles : Mélanie et Sophie :* Filles de Stéphane et Bernadette : 4 ans et demi. *Benjamin :* Fils de Pauline et Paul : 4 ans.
LES BOURGUIGNONS	*La grand-mère :* Elle cache son âge. *L'oncle Alexis :* 1 an de plus que la grand-mère. *La tante Nicole :* Toujours jeune.
LES NORMANDS	*Comte et Comtesse de Saint-Aimond :* Beaux-parents de Bernadette.
LES AMIS	*Tavernier,* dit *Grosso-modo,* « *Pappy* » pour les enfants. *Commandant de Montorgel,* dit *Crève-cœur.* Maître de manège. *Béatrice,* dite *Béa.* *Mélodie,* dite *Mélo.* *Gaillard :* Le pêcher de Benjamin.

CHAPITRE 1

NOËL CE SOIR

LE téléphone sonne. Il est trois heures de l'après-midi : Noël ce soir. Il sonne et je ne sens rien : en moi, pas le plus petit signal.

Bernadette va répondre. Elle tend le récepteur à maman : « L'hôpital, pour toi! » Maman est sur l'escabeau en train de décorer le sapin. Elle ne sent rien non plus. Elle descend de son perchoir avec ses colliers de guirlandes et se dirige vers le téléphone en disant : « Pourvu que votre père n'ait pas une urgence ou quelque chose comme ça. »

Bernadette vient reprendre sa place à la table, parmi nous. Nous empaquetons. Il y a du papier-cadeau partout : on mesure, coupe, enveloppe, entoure de ruban. Quand c'est prêt, on marque en tout petit le nom sur le paquet : Benjamin, Gabriel, Sophie, Mélanie, ne parlons pas des présents. Il y a déjà un joli monticule au centre de la table.

Maman dit « Allô » puis elle se tait. Une guirlande glisse de son cou et tombe : elle ne la ramasse pas. Cela m'étonne, mais rien ne m'avertit encore. Si nous avions un chien, il hurlerait déjà, c'est sûr. Pauline, les ciseaux en suspens, la regarde s'asseoir très lentement, comme si elle tombait au ralenti dans un film. Et soudain, d'une voix qui n'est pas la sienne et nous fait toutes sursauter, une voix de ventre, rauque, choquante, elle demande :

« Dites-moi ce qu'il a. Je veux le savoir. »

Bernadette se lève et fonce. Claire fixe maman d'un air de reproche : pourquoi cette voix? Pauline grommelle : « Qu'est-ce qu'il se passe encore? »; son regard cherche le mien et je sens sa peur.

De la même voix heurtée, maman dit : « Je viens », et raccroche. Son visage est comme de la cire. Elle nous regarde, elle essaie de nous dire quelque chose mais aucun mot ne sort. Bernadette est tombée à ses pieds.

« Qu'est-ce qu'il y a? Qu'est-ce qui est arrivé? C'est papa? »

Maman se soulève, retombe. Nous sommes toutes les quatre autour d'elle maintenant. Dans la chambre, là-haut, les petits chantent à tue-tête comme on chante une veille de Noël, avec des points d'interrogation en forme d'étoiles partout. En moi, quelque chose gonfle et m'étouffe : le refus. Je prends la pipe, sur la cheminée, sa sacrée foutue pipe qu'il a choisie entre cent autres, avec moi, dans le Jura. Je l'entoure de ma main, je m'accroche à elle. Il n'a pas encore fini de la culotter, cette pipe.

« Il a eu un accident? » demande Pauline.

Maman a une longue inspiration. Elle dit : « C'est le cœur : un accident cardiaque.

– Il s'en tirera? crie Claire. Il s'en tirera, n'est-ce pas?

– Il n'a jamais rien eu de ce côté-là », remarque Bernadette d'une voix sourde.

Je ne dis rien. Je sais. Maman tire sur les guirlandes qui glissent autour de son cou et tombent. Son visage est gonflé, stupéfait. Elle nous regarde les unes après les autres comme si elle nous posait une question. D'un mouvement brusque, Claire se tourne vers la fenêtre, appuie son front au carreau.

Comme un flot violent m'envahit : tout est gris, un navire coule qui s'appelait la famille, il s'enfonce sans bruit sous nos yeux avec son capitaine sur le pont.

Je veux être ce matin quand mon père est parti et que j'ai couru à la porte pour lui rappeler le foie gras : « Tu n'oublies pas de le prendre, au moins! On nous l'a mis de côté. » Il était déjà presque à la grille. Il s'est arrêté et s'est retourné avec ses épaules un peu courbées qui donnent envie d'être tendre avec lui et il m'a souri : « Evidemment, ma chérie. Noël sans foie gras, comment veux-tu? » Et il y est allé. Et il est allé vers sa mort.

« Je crois que c'est fini », dit maman.

CHAPITRE 2

MORT DU « PRÉSIDENT »

IL sourit. Il a l'air reposé, plutôt plus que ce matin. On dirait qu'il va ouvrir les yeux, nous découvrir, se redresser, étonné : « Mais qu'est-ce que vous faites là, les filles? » On dirait qu'il est toujours là, qu'il ne nous a pas lâchées, ses « cinq femmes » comme il disait en faisant semblant d'en avoir par-dessus la tête, mais avec joie, avec fierté. Lui qui n'aimait pas faire de peine, il nous a bien servies.

C'est une chambre laquée blanc avec deux lits; l'autre est vide. Il est couché à plat sous le drap; jamais il ne prend cette position, mon père; impossible avec son dos, il souffrirait trop. On ne lui a pas mis sa couverture : elle est pliée sur une chaise : beige avec des raies.

Maman est assise tout près de lui et le fixe comme si elle attendait un signe. Mais il n'ouvrira plus ses bras pour toi. Il ne te regardera plus jamais comme un enfant et comme un homme : un enfant qui réclame la tendresse, un homme qui exige l'amour.

Il a quitté l'hôpital après y avoir déjeuné rapidement pour aller faire des courses. C'est en sortant de la charcuterie que cela s'est passé. Il est monté dans sa voiture, il a tourné la clef de contact et son

cœur s'est arrêté, sa tête est tombée sur le volant.
« Mon chéri, dit maman. Mon chéri. »

Bernadette est debout derrière elle, au garde-à-vous. Elle se mouche de temps en temps, le plus bruyamment possible, en oubliant qu'elle est une femme, par fureur contre tout cet amour qui se transforme en eau. Claire fixe le mur, dure comme un rocher; pas un mot, pas une larme depuis que maman a dit : « C'est fini. » Pauline et moi sommes au pied du lit; je sens son bras contre le mien.

La porte s'ouvre et c'est Antoine. Il vient droit vers Charles, le regarde quelques secondes pour avoir confirmation, puis il prend maman dans ses bras. « Mère, oh! mère »... Ma parole, il chiale. Quand un homme pleure, c'est violent : du gros sable. Nous, c'est du sable fin. Quand un homme pleure, des tas de mots comme « force », « fierté », « virilité », des châteaux forts avec tours et oriflammes s'effondrent.

« Je viens d'apprendre. C'est affreux... »

Maman se détache de lui pour mieux l'interroger, le mettre au pied du mur : n'est-il pas médecin lui aussi? Ne travaillait-il pas avec celui qui se trouve sur ce lit? Elle demande, toujours de sa grosse voix qui gêne : « Ce n'est pas possible, n'est-ce pas? » Elle sait pourtant bien que ça l'est : on le lit déjà partout sur elle. Mais elle se bat pour ne pas dégringoler d'un coup dans cette nuit qui n'a pas de bout, même pas la nuit, même pas le vide : le rien.

Antoine la serre fort dans ses bras pour la retenir dans sa chute. Il cherche le regard de Claire qui fixe obstinément le mur comme s'il allait s'ouvrir sur les jardins heureux de ce conte pour enfant que Charles nous lisait, où il y avait des fontaines et des palais. Il aide maman à reprendre place au chevet de son mari, vient vers sa femme et l'attire contre lui; il place de force sa tête dans son épaule, comme le ferait un père. Il pourra, quelque temps, essayer de l'être pour elle, mais il n'aura jamais été le témoin de son enfance. Claire se dégage. Antoine embrasse maintenant Bernadette qui dit « Merde, j'arrive pas à y croire », puis Pauline qui pleure trop pour pouvoir parler. Ça va être mon tour. Non merci! Je n'ai pas à être consolée. Moi, j'ai la chance, j'ai la vie. C'est celui-là qui est à plaindre; il va tout louper : Noël, ses petits-enfants, le printemps, Gaillard et ses pêches. « Je veux que tu saches que je suis là, murmure Antoine à mon oreille, que je serai toujours là. » On dit ça!

Des gens passent; un médecin, des infirmières. Eux aussi commencent par vérifier que c'est vrai puis ils se font un visage gris et nous serrent la main en commençant par l'épouse. J'essaie de les voir avec le regard de mon père : ainsi, c'était vers ces gens que tu t'en allais chaque matin, eux qui nous prenaient tes heures, les partageaient avec les malades qui t'aimaient tant. J'ai envie qu'ils soient tous très malheureux; j'ai tellement peur qu'ils t'oublient vite. On est une douzaine dans cette chambre maintenant et tout le monde parle à voix basse : il est bien temps! Il avait horreur du bruit, mon père : moins ses oreilles fonctionnaient, plus elles devenaient délicates et cela faisait rire maman. On n'aura plus à se gêner maintenant.

« Et les petits? interroge Antoine. Qu'en avez-vous fait?

– Chez Tavernier, répond Bernadette. Ils ne savent encore rien.

– Il faudra leur expliquer très doucement », dit Pauline.

Nous sommes allées toutes les deux avertir Grosso-modo. Dehors, l'air n'était plus pareil et le vent courait comme pour d'autres. Il a ouvert la porte avec son sourire de fête; j'ai prononcé le mot pour la première fois et j'avais l'impression de lui faire une mauvaise farce. Il s'est immobilisé, le regard sur *La Marette*. On voyait le sang monter à son cou, envahir son visage, dire « non » pour lui. J'ai eu peur qu'il étouffe, alors, pour faire diversion, j'ai montré l'abri antiatomique et je lui ai dit « Dans la vie, on ne prévoit jamais tout ». « Ta gueule », a crié Pauline.

Elle regarde la bosse que forment les pieds joints sous le drap. Ce n'était pas ce qu'il avait de mieux, ses pieds, mais on le reprendrait bien avec. Près de la porte, Bernadette continue à parler à Antoine, à renouer avec la vie.

« J'ai réussi à joindre Stéphane. Il vient. Paul, évidemment, pas moyen de le trouver. Il aura la surprise ce soir en arrivant à *La Marette*.

– *La Marette?* » répète maman comme si ce mot la réveillait.

Elle se relève et les rejoint. Ce matin, elle a été chez le coiffeur et ses cheveux, trop bien gonflés sur son visage dévasté, sont comme le faux sourire dessiné sur les lèvres d'un clown. Elle pose sa main sur le bras de notre beau-frère.

« Il aurait voulu qu'on fête Noël quand même, dit-elle, n'est-ce pas? A cause des petits. Mais j'aimerais le ramener à la maison : est-ce que vous croyez que j'aurai le droit? »

Je suis avec lui dans la forêt. Nous marchons l'un derrière l'autre. Il porte son pantalon de velours, ses bottes, sa canadienne. Cela sent la neige, l'aiguille de sapin, le bonheur de vivre. Nous nous arrêtons pour regarder le plus haut des arbres, celui que les gens choisissent pour y graver leur nom et qu'on appelle « Le Président ».

Il vient de tomber, notre « Président ». Il s'est abattu avec cinq noms de femmes inscrits sur lui et, croyez-moi, on n'a pas fini de mesurer les dégâts.

CHAPITRE 3

DES MOTS SANS FOND

« Et les chaussures de Daddy? demande Gabriel. Pourquoi on les met pas pour le Père Noël? »

Douze paires devant la cheminée; la treizième, c'était la sienne.

« Ecoute, dit Antoine, Daddy est parti en voyage...

– Il faut les mettre quand même, décide Sophie. Comme ça, il aura ses cadeaux après. »

Benjamin regarde ses cousins. Il a l'air sombre, l'air de leur en vouloir.

« Il n'aura pas ses cadeaux parce qu'il est mort », déclare-t-il.

Nous nous figeons tous. Comment a-t-il appris? On avait décidé de ne le leur dire que demain.

« Il n'est pas mort du tout, proteste Gabriel. Il est parti soigner des malades dans une autre maison et il reviendra pour couper la dinde aux marrons.

– Nous, on n'aime pas les marrons, commente Sophie. Alors, on aura de la purée.

– Avec du gratiné », renchérit Mélanie.

C'est nous, maintenant, que Benjamin regarde, comme s'il nous reprochait de vouloir le tromper.

« Il est mort, insiste-t-il. Il est dans la chambre où

ça sent l'église à cause des bougies. Il pourra pas donner sa casquette à Pappy.

– T'es qu'un crétin malade », déclare Gabriel avec mépris.

Les larmes aux yeux, Benjamin attend notre réponse. Maman ouvre les bras; il s'y précipite.

« Qu'est-ce que c'est que cette histoire de casquette? murmure-t-elle.

– On l'a achetée avec Daddy pour Pappy, pour qu'il ait plus les oreilles rouges, hoquette Benjamin, pour que les oiseaux les confondent plus avec des cerises et pour lui dire merci de m'avoir fait goûter quand maman était au lac. Daddy avait promis qu'on irait la lui donner ce soir : Pappy a pleuré quand je lui ai dit.

– Au point où on en est, soupire Bernadette, je crois qu'on peut y aller. »

Maman fait signe qu'elle n'y parviendra pas. C'est Antoine qui prend les choses en main : il rassemble les enfants autour de ses genoux comme pour leur raconter une belle histoire et leur parle très gravement : « Oui, Benjamin a raison : Daddy est mort! Aujourd'hui, son cœur s'est arrêté de battre mais on le reverra au ciel d'où il nous contemple. »

Les quatre petits, ce sont nos yeux qu'ils contemplent, pour savoir s'ils doivent pleurer, si c'est quand même Noël, s'ils auront, malgré tout, le droit de s'amuser.

« On le reverra jamais? » demande Sophie.

Antoine secoue la tête.

« Jamais, jamais, jamais? » renchérit Mélanie.

Elle l'a presque chanté. Elle ne sait pas ce qu'il veut dire, ce sale mot, l'envers de « toujours » qui lui ressemble comme un frère : des mots sans fond, des nuits sans aube, des trous; et le jour où ils l'apprendront, ils deviendront comme les autres des enfants trompés, des adultes fragiles et des cadavres en puissance.

En attendant, le sapin, devant la fenêtre, brille de toutes ses guirlandes. C'est mon père qui l'a choisi... comme toujours. Avec racines bien entendu pour qu'on puisse, la fête passée, le replanter au fond du jardin près de ses frères aînés en ayant l'impression de lui redonner la vie. Quelque part les cloches d'une église sonnent : pas de messe de minuit cette année, nous restons avec lui.

Benjamin s'est calmé. Réfugié dans les bras de Pauline, il regarde ses cousins avec rancune. Un peu intimidé, Gabriel lève le doigt pour poser une question; Claire, toujours enfermée en elle-même, serre ses lèvres qui tremblent; Antoine se penche vers son fils, avec toute sa force, toute sa douceur : « Vas-y, bonhomme...

– Est-ce qu'on aura quand même du foie gras avec des tartines grillées? » demande Gabriel.

On a eu le foie gras, les tartines grillées, le saumon et la bûche. On a tiré un trait sur le champagne, il ne faut pas exagérer. La table était dressée, toutes rallonges déployées, au milieu du salon et Bernadette avait tenu à mettre les couverts de fête et la nappe brodée qui ne va pas dans la machine et coûte une fortune à laver. On a parlé de tout et même fait des projets. C'étaient les enfants qui nous tenaient debout, pour eux qu'on continuait et aussi puisqu'Il l'aurait voulu, paraît-il. Mais moi j'avais honte d'avoir faim et de manger malgré tout, surtout vis-à-vis de maman qu'on ne sentait plus là, qui était quelque part avec lui et, parfois, revenait vers nous, l'air stupéfait, comme si on l'avait frappée en traître, et disait : « Je suis coupée en deux. »

Après le souper, pendant qu'ils débarrassaient la table, je suis montée le voir. J'avais besoin d'être seule avec lui, sans témoins et sans comédie. Je me suis forcée à le regarder comme quelqu'un de parti, de perdu. J'étais attirée : puisque ça doit se terminer comme ça, autant sauter tout de suite. Je lui ai dit ce que j'avais sur le cœur : on ne laisse pas tomber les gens en plein élan, en plein pacte, un pacte de vie justement. J'allais faire comment, moi, maintenant, sans lui? Et puis la mort, qu'est-ce qu'elle me voulait à me poursuivre ainsi? Ça ne faisait même pas un mois pour Tanguy!

Je me regardais lui parler. De toute façon, c'est toujours à soi qu'on s'adresse mais on ne s'en aperçoit que quand il y a un mort. C'était une idée que, sous sa peau, passaient des ondes, que ses paupières bougeaient. C'était à cause de la flamme des bougies et parce qu'il était encore vivant en moi et que je pouvais entendre sa voix m'ordonner : « Tais-toi », m'ordonner « Debout! »

Le téléphone a sonné; ils ont décroché en bas. Je regardais le second appareil, près du lit, et j'avais envie de le lui mettre contre l'oreille pour que ce geste soit fait une dernière fois. Il n'avait eu aucune « dernière fois » et nous, on allait avoir toutes les premières sans lui.

Puis je lui ai dit que je l'aimais et je l'ai dit tout court, sans ajouter des « fort », des « beaucoup » ou des « bien »; comme une femme le dit à un homme lorsqu'elle veut sa protection, son regard et ses deux bras pour l'enfermer. Après ça, j'ai posé mes lèvres sur les siennes pour que cela ait été fait une fois et c'est le moment que Pauline, envoyée en émissaire afin de s'assurer que je ne me faisais pas hara-kiri sur le corps de mon père, a choisi pour entrer et elle a dû avoir l'une des émotions de sa vie. Ses lèvres étaient glacées. Elle m'a fixée d'abord sans parler, puis lui.

« J'avais envie de le faire aussi », a-t-elle dit.

Après avoir laissé les petits regarder une millième fois leurs souliers, on les a tous couchés en dortoir dans la chambre de Bernadette et la cérémonie des paquets a commencé. Les jumelles avaient demandé une perceuse électrique, Gabriel une poupée déshabillable, Benjamin des livres, une calculatrice et, si possible, une forêt. Bien que les parents aient fait leur possible, il y aurait sûrement des déçus mais ça leur apprendrait la vie : il faut avoir des choses à viser sinon on tourne autour de son nombril, c'est comme si on s'emprisonnait soi-même, on commence à mal respirer et on finit à l'hôpital par manque de buts.

C'est Bernadette qui est allée chercher les chaussures de papa : celles de jardin. Elle les a mises bien en vue et elle a dit : « On va y mettre tous ses cadeaux et ça sera pour Grosso-modo! »

Puis il y a eu, dans la chambre de Claire, un drôle de bruit : une sorte de plainte tendre et étonnée. Claire est devenue écarlate. Elle a expliqué très vite : « C'était ma surprise pour papa. Je n'ai pas voulu la laisser dans la voiture. J'avais peur qu'elle meure de froid. » Et comme elle avait prononcé le mot « mourir », elle est devenue quasiment violette bien qu'on ait fait semblant de ne rien remarquer. On entendait maintenant des sauts et des grattements contre la porte. « Va chercher ta surprise », dit maman.

Il s'appelait Rami : Prince Rami. Son père était noble : un grand chasseur. Sa mère avait remporté le premier prix du monde de beauté. Il y avait trois preuves de sa pure race : quand vous lui rabattiez les oreilles, elles faisaient le tour de sa tête, sa dentition était remarquable et sa queue dure jusqu'au bout. C'était un teckel nain à poils longs, uni de couleur et muni de tous les vaccins nécessaires. La seule chose qui tourmentait Claire, c'était qu'on ne pouvait pas, pour l'instant, le présenter à un concours parce qu'un de ses testicules refusait de descendre. Son vétérinaire préconisait une opération dans six mois. On verrait.

Il a déboulé dans le salon comme un fou, fait la lessive de tous les visages en commençant par les ouvertures, grignoté toutes les mains, mis la pagaille dans les cadeaux. Il s'est caché sous la table, s'est pris les pattes dans le fil du lampadaire et brûlé le museau en essayant d'attraper une braise. Il regardait tout comme si tout lui appartenait, que rien n'était interdit ni impossible. Il était jeune.

« J'avais pensé que ce serait une distraction pour papa, a murmuré Claire. Et puis, je ne sais pas si quelqu'un a remarqué, il sait sourire! »

Et quand maman a ri en lisant sur le collier : « Prince Rami Moreau » et voyant s'ouvrir les babines sur ce qui pouvait en effet s'appeler un sourire, la Princesse s'est enfin décidée à pleurer.

CHAPITRE 4

CEUX DE BOURGOGNE

GRAND-MÈRE! Elle débarque à quatre heures, ivre de rage contre tante Nicole et oncle Alexis qui l'ont obligée à voyager étendue dans la voiture avec couverture, bouillotte et oreiller. A la maison, c'est la fête noire, le défilé, les serrements de pinces et les baisers mouillés. On est toutes les cinq en rang : respectez le sens unique s'il vous plaît. Avec l'arrivée bourguignonne, une odeur d'ail envahit le salon : ils ont déjeuné, de sandwiches au jambon persillé préparés par Henriette.

Grand-mère porte son tailleur gris-perle qui sert aussi pour les mariages. Elle vient droit à maman, la prend par les deux bras, la regarde au fond, au cœur, et déclare : « Trente ans de vie avec un homme comme ça, ça ne meurt jamais, ma petite, c'est un capital! Et tu continueras à y puiser, tu verras. » Maman répond d'une voix de petite fille : « Trente ans, ça n'était pas assez. » Alors grand-mère craque. Elle se retourne vers les présents et les prend à témoin : Pourquoi Dieu ne l'a-t-il pas rappelée, elle, avec ses quatre-vingt-cinq ans qui ne servent à personne? L'aurait-il oubliée? Après, elle emmène sa fille et je crois que cela fait du bien à maman d'obéir.

On a laissé le sapin avec ses boules, ses guirlandes et sa grande étoile au sommet. On a mis à son pied une photo du manquant et les gens lui jettent des regards de côté en se demandant si c'est une bonne idée. Les enfants sont chez Grosso-modo. C'est vraiment un sale coup qu'on lui a fait pour les cadeaux : le beau chandail à col roulé, les livres, les disques, la casquette à carreaux offerte par Benjamin. Il s'en serait bien passé; il avait les bras pleins, les yeux pleins : c'est nous qui l'avons remercié.

L'enterrement a lieu à Mareuil, demain. Nous y avons une concession bien exposée contrairement à M. Poivre dont la famille reçoit les effluves du dépôt d'ordures. La maison Lefranc s'est occupée de tout : ils nous ont envoyé deux types en deuil qui jouaient si bien leur rôle que Mme Cadillac, la boulangère, les a pris pour la famille et leur a adressé ses sincères condoléances; ils les ont acceptées avec tristesse.

Il y aura une cérémonie religieuse. Dieu, même s'il n'y croyait pas, mon père était pour. Il disait que c'était ce que nous avions de meilleur en nous et qu'il vaut mieux vivre les yeux levés qu'à ras de terre. Jean-René, le curé, est accouru dès qu'il a appris la nouvelle et il y est allé de son couplet : « Ce n'est qu'un au revoir, mes frères. » Ça avait l'air de leur faire du bien. Moi, je le veux maintenant, tout de suite, dans mes bras, sous mes lèvres, tel qu'il était et pas en pur esprit, avec ses yeux couleur passée, tellement tendres qu'on s'y noyait, son dos en petits morceaux et son cœur qui, en douce, se fatiguait de battre.

« Viens voir deux secondes par là, dit Nicole. J'ai besoin d'aide. »

Je la rejoins dans la cuisine. Dès son arrivée, elle a pris en main le ravitaillement et il y a toujours quelque chose qui mijote sur un coin de feu.

« Mets-moi deux douzaines d'œufs dans le compotier en essayant de ne pas me les casser, veux-tu? »

Pendant que je m'exécute, elle sort avec précaution d'un papier d'argent deux grosses truffes brunes.

« On va les mettre avec les œufs, un couvercle par-dessus et demain tu me diras des nouvelles de l'omelette! »

Et c'est demain! La famille attend dans le salon le départ pour l'église où il y a déjà foule paraît-il : proches, amis, voisins et corps médical. Nous sommes toutes les cinq habillées en foncé. Claire a mis du rouge à lèvres quand même. Antoine vient vers maman, bien plus belle avec ses cheveux dégonflés et qui se tient le plus droit possible.

« Si vous êtes d'accord, nous porterons le cercueil de Charles. Nous n'avons pas envie de laisser ça à des étrangers. On pourrait demander à Tavernier d'être le quatrième? »

Oncle Alexis se lève si brusquement qu'il fait tomber sa canne.

« Et moi alors? On me compte parmi les étrangers?

– Toi, tu soutiendras ta sœur », déclare grand-mère.

C'est alors que Bernadette se lève et vient se planter devant Antoine.

« Je ferai le quatrième, déclare-t-elle. Je le porterai avec vous. »

Notre beau-frère est pris de court. Maman regarde sa fille avec des yeux immenses. Claire se lève à son tour, l'air furibond.

« Je suis l'aînée. Il n'y a pas de raison. Je peux le porter aussi. Je suis bien assez forte. »

Je croise le regard de Pauline. Elle me fait « oui ». Je dis : « On le portera toutes les quatre. Inutile de discuter, c'est décidé. »

Il y a un grand silence. On entend marcher là-haut, dans la chambre où se trouve le sujet de la discussion. Maman nous fixe comme papa le faisait souvent : l'air de ne pas y croire.

« Ecoutez, dit Antoine calmement. Vous n'y arriverez jamais : ça sera trop lourd.

– On peut toujours essayer, dit Pauline. Si on n'y arrive pas, vous nous aiderez.

– Mais ce ne sont jamais les femmes qui font ça! » proteste Stéphane.

Bernadette se tourne vers lui et l'assassine du regard : « Bien sûr! Les femmes, c'est bon pour allumer les cierges, choisir les couronnes et réchauffer le café.

– Alors, dit Claire d'une voix frémissante. On aurait le droit de conduire les cars, les avions... on a même celui d'aller sur la lune maintenant, et on nous refuserait de conduire notre père à l'autel?

– Laissez-les, dit maman. Je vous en prie, laissez-les. »

Ils hisseront notre père sur nos épaules et nous entrerons avec lui dans l'église où retentira sa musique préférée. On y arrivera! C'était nous qui portions le bateau pour le mettre sur l'Oise quand venait le printemps, avant qu'il vienne y jouer les commandants. On conduira, toutes les quatre, au pied de l'autel, devant Dieu et devant les hommes, Charles, André, Maurice, Moreau, lui grâce à qui nous sommes là, pour un bout de temps encore, à en croire les statistiques.

« Et s'il y en a qui s'en choquent, ils peuvent aller au diable », confie pieusement grand-mère à Rami.

CHAPITRE 5

QUITTER *LA MARETTE*?

« RESPIRE-MOI ces œufs maintenant, ordonne Nicole en soulevant le couvercle du compotier. Et dis-moi si j'ai menti? »

Je balade mon nez sur les coquilles : c'est vrai! Elles sont imprégnées de l'odeur des truffes.

« Fameux! Qui te les a données?

– Georges. Tu te souviens? Mon copain d'Uzès. il me les a envoyées pour Noël. Il paraît que tout le bureau de poste embaumait. Ils faisaient des paris sur les paquets. »

Georges... un des soupirants de ma tante. Dommage qu'elle ne l'ait pas épousé : on en aurait plein, des truffes! On irait les chercher sur le terrain avec le soleil et le chant des cigales.

Rami s'est glissé dans la cuisine : il nous interroge en balayant l'air de sa queue princière.

« Je pourrais peut-être le dresser à en trouver? Comme le chien de Georges. Avec un peu de chance, ça paierait le séjour dans le Midi. Vu sa race, il doit être doué. »

Tante Nicole considère notre aristocrate nain qui sourit de toutes ses dents en espérant glaner quelque chose à manger.

« Pas besoin d'un prince pour trouver les truffes,

dit-elle. Le premier bâtard fait aussi bien l'affaire. Tu veux que je t'explique?

– Oh! oui. »

Je veux qu'on me parle de balades dans les chêneraies, de bonne terre brune autre que celle qu'on jette sur les cercueils.

« Tu prends un bocal, commence Nicole. Tu le remplis de petits-beurre mêlés à des débris de truffes et tu fermes bien. Dès que tes biscuits sont imprégnés de l'odeur, tu fais goûter à l'apprenti truffier.

– Il aime?

– Il adore. Pas cons, les chiens! Tu recommences chaque jour jusqu'à ce qu'il te fasse une maladie pour l'avoir, son petit-beurre à la truffe! Et puis un soir, tu le lui passes sous le nez et tu vas l'enterrer pas loin d'un chêne vert. Puis tu laisses tomber la nuit, la rosée et ses réclamations. Le lendemain, tu l'emmènes dans le coin et tu lui montres comment faire pour le trouver. Dès qu'il l'a déterré, félicitations, récompense. Et tu remets ça le plus souvent possible : plus question de bocal, c'est dans la terre qu'il doit le chercher, son dessert parfumé. Et un beau matin, qu'est-ce qu'il te sort? Une truffe. L'odeur de son gâteau multipliée par cent.

– Et il l'avale?

– Sûrement pas, dit Nicole. Ça ne lui dit rien qui vaille, ce champignon granuleux. A part l'odeur, ça ne ressemble pas du tout à son petit-beurre. Alors tu lui piques sa truffe et tu le récompenses avec sa gâterie habituelle. Voilà!

– Ce n'est pas difficile, finalement. »

Nicole a un sourire :

« Enfantin! Quand tu as fait ça pendant deux ou trois ans, ton chien est dressé. »

Elle soulève Rami par la peau du cou et l'embrasse sur le nez avant de le jeter sur mes genoux.

« Malheureusement, vous n'avez pas le terrain et ton prince doit garder la ligne. »

Viande hachée et carottes deux fois par jour. Il vous lampe ça en trois bouchées et pleure dans vos pattes toute la journée pour du rabiot.

« Papa, c'était avec les nouilles qu'il préférait manger les truffes.

– Un homme de goût, déclare grand-mère d'une voix tonitruante en faisant son entrée dans la cuisine. Les pâtes mettent en valeur le craquant et le parfumé; seulement, les gens ont peur de mêler la simplicité au luxe alors que ça fait les meilleurs mariages. »

Elle prend place à la table à côté de moi. Rami se transporte aussitôt dans les jupes de cette personne plus confortable. C'est vrai : pas cons, les chiens! Nous regardons Nicole qui épluche des oignons pour la gratinée : tout le monde dîne là ce soir! Maman entre à son tour : elle s'est changée. Elle a mis un pantalon gris, un pull. Elle est à peine assise qu'on frappe à la porte, côté jardin. C'est Grosso-modo! Sa femme propose de garder les petits à dîner : il y a un film sur l'alpinisme et Gabriel est passionné. C'est d'accord! « Restez donc un peu avec nous... Pappy », propose grand-mère. Rouge écarlate, « Pappy » est déjà assis. Je mets de l'eau à chauffer pour les amateurs de thé.

Claire passe la tête, histoire de vérifier quels sont les présents, disparaît et revient aussi sec avec Bernadette et Pauline, toutes trois l'air résolu : il y a du complot dans l'air.

« Si ça te va, déclare Bernadette à maman. On a décidé de passer les vacances scolaires ici. Les hommes nous rejoindront le soir. Ça ne fera pas de mal aux enfants, un peu d'air. »

Maman les regarde toutes les trois, puis ses yeux

reviennent sur ses mains, posées à plat sur la table.

« Et après? » demande-t-elle.

C'est comme si mon cœur s'arrêtait. Je regarde mes sœurs, soudain figées. « Après? » Qu'a-t-elle voulu dire? « Après quoi? »

« Cette grande maison... pour deux..., reprend-elle.

– Pas pour deux, pour douze! proteste Bernadette. Tu oublies qu'on s'installe tous les week-ends. »

Grosso-modo fait mine de se lever. Grand-mère le retient par la manche d'une poigne autoritaire. Il retombe sur son siège et plonge le nez dans son thé.

Les « rustines[1] » entrent à leur tour par le jardin. Ici, c'est le grand silence : on n'entend plus que le bruit du filet d'eau que tante Nicole fait couler sur les oignons pour ne pas pleurer en les épluchant. Les beaux-frères nous regardent sans comprendre ce qui se passe : Pauline est toute blanche, Bernadette et Claire sont transformées en statues; je sens battre mes tempes comme lorsque je suis malade. Quitter *La Marette*? C'est ça qu'elle voulait dire? Mais ce n'est pas possible! Elle est nos racines, notre sang et tout ce qui nous reste de Lui. Il l'adorait, cette maison, mon père! Il y a fait des tas de choses : les étagères, la bibliothèque, la discothèque! Le tout inutilisable bien sûr parce que, si pour soigner les gens il savait se servir de ses mains, pour les soins de la maison, plus personne!

« Quatre cents mètres carrés, reprend maman d'une voix blanche, six chambres à coucher, caves, grenier, un hectare de jardin... »

Antoine a compris.

1. Beaux-frères.

« Ne pensez-vous pas qu'il est un peu tôt pour parler de tout ça? » demande-t-il.

Maman lève les yeux sur lui : ils sont pleins de larmes.

« Mais puisque je ne cesse d'y penser!

– Si c'est une question de fric, déclare Bernadette, on se débrouillera.

– Pour le jardin, murmure Tavernier, Grosso-modo, ça ne devrait pas poser de problèmes...

– Si vous pensez aux impôts, remarque Stéphane, je vous rappelle que la maison est à votre nom. »

Maman contemple toujours ses mains comme si elles étaient inutiles désormais; Paul est le seul à n'avoir rien dit : il la fixe intensément et je sens qu'il écrit en lui quelque chose que nous, nous n'avons pas encore senti.

« Ici, reprend maman avec révolte, tout me parle de lui!

– Tant mieux! dis-je. Et que ça dure! »

Maman redresse brusquement la tête et me regarde. Je baisse les yeux. J'ai froid soudain : pourquoi ce regard? Que me reproche-t-elle? Qu'est-ce que je lui ai fait?

« Si tu veux, cette nuit, je viendrai dormir avec toi dans le lit, propose Pauline d'une toute petite voix.

– Le lit, son bureau, les livres, les meubles, les murs, l'air, absolument tout... » dit maman du même ton révolté.

Le menton de Claire tremble. Antoine entoure ses épaules de son bras.

« Après la disparition de quelqu'un, dit-il, chacun réagit à sa façon. Certains éprouvent le besoin de changer de cadre : ce qui ne veut pas dire qu'ils cherchent à effacer quoi que ce soit.

– Voyez-vous, dit grand-mère, certaines encres, quand vous cherchez à les effacer, c'est pire que tout : ça se répand, toute la page est gâchée. J'ai toujours pensé qu'on n'effaçait pas ce qui était inscrit en profondeur. Ça reste : que tu sois ici ou ailleurs. »

On n'a même pas entendu entrer Alexis qui revient d'un tour de jardin, de la boue jusqu'aux genoux. On est maintenant une douzaine dans la cuisine, heureusement prévue pour ça. Selon mon père, la pièce la plus importante de la maison : la pièce à chaleur, toujours un peu aussi la pièce à enfance.

Alexis pose sa casquette sur le réfrigérateur.

« Votre jardin, on peut dire que c'est un curieux spectacle, déclare-t-il. Il y a des plantes, on se demande vraiment ce que ça va donner et par quel miracle elles sont arrivées là.

– Vous ne saviez pas? dit Bernadette avec un rire qui semble arracher sa poitrine. Le miracle, c'était papa! Il confondait tous ses oignons et avait la spécialité de planter les bulbes à l'envers.

– Et nous étions toutes averties que le printemps prochain, on verrait ce qu'on verrait! » enchaîne Pauline.

Maman la regarde, puis Bernadette, puis Claire et moi aussi, quand même. Elle a l'air de nous poser une question, comme on la pose en ayant peur de la réponse.

« Si on quitte cette baraque, lui dit Claire d'une voix sourde, je te préviens qu'on y laisse toutes nos tripes, à commencer par les tiennes. »

Maman ne répond pas tout de suite mais il me semble que son visage s'éclaire.

« Je crois que j'avais besoin qu'on me dise ça, dit-elle. Vous comprenez, je trouvais que c'était si peu raisonnable... »

Son regard fait le tour des murs.

« Il voulait repeindre la cuisine. Il ne faudra pas tarder à s'y mettre. »

Tante Nicole a demandé des volontaires pour râper le gruyère. Il y avait des oignons pour toute une armée dans l'évier et malgré l'eau qui coulait à flots, les yeux piquaient. Grand-mère a repris du thé envers et contre Alexis à qui Bernadette a volé sa pipe. Les beaux-frères se sont servi des bières. Pauline a demandé qu'on fasse une corvée de bois pour la cheminée du salon. Grosso-modo, lui, était devenu fou. Il se levait, se rasseyait, promettait à Rami un jardin à sa hauteur, avait de grands accès de rire comme lorsqu'on a eu la peur de sa vie et que le soulagement est si profond que c'est l'embouteillage de sentiments et le déraillement de l'expression. Il a fini par serrer grand-mère sur son cœur avant de se sauver, son mouchoir sur le nez.

Puis le téléphone a sonné. Stéphane est allé répondre. C'était pour moi, un type : Emmanuel.

CHAPITRE 6

LA MAGIE BRISÉE

« EST-CE que vous vous souvenez de moi? » demande-t-il.

Je réponds « oui ». Mais je ne me rappelais pas que sa voix était si profonde et j'étais tellement sûre de ne jamais plus l'entendre.

« Où êtes-vous?

– Au bord d'un lac, dit-il. Dans un hôtel tout de bois et de neige habillé, où une nuit la magie est tombée. »

Je ne peux plus parler : je devrais être heureuse et je ne sens que le désespoir en moi. C'est trop tard!

« Je viens de rentrer d'Afrique, reprend-il. Il paraît que vous avez essayé de me joindre, que c'était urgent.

– Ça ne l'est plus, dis-je. C'est terminé. Si vous voulez savoir, tous les choix étaient mauvais et les chemins pourris. Mais de toute façon ça n'a plus d'importance. Ils sont tous morts! »

Pauline entre avec une charge de petit bois, suivie par Stéphane portant d'énormes bûches. Je me tourne du côté du mur. Au bout du fil, c'est le silence. Qu'est-ce qu'il attend? Que je me déshabille une nouvelle fois? C'est fini les déballages de sentiments. Ça ne sert à rien qu'à affaiblir. Pauline et Stéphane sortent sur la pointe des pieds.

« Ecoutez... » dit-il.

Je chiale. Je tenais à peu près bon et voilà que cet imbécile déclenche tout, qu'il ouvre les vannes comme le soir où je l'ai connu. Mais tout revient avec sa voix! L'hôtel endormi, la traverse qui frappait aux carreaux, juste assez fort pour nous faire sentir qu'on était protégés, et cette impression d'être vraiment vue, écoutée, comprise, cette chaleur. Tout est là de cette fantastique soirée où je me croyais malheureuse alors que Tanguy vivait, que mon père vivait, où j'imaginais pouvoir choisir sans savoir que les jeux étaient faits et les cadavres programmés.

« Que s'est-il passé... Cécile?

– Qui vous a dit mon nom?

– Martin, dit-il. Martin et Béatrice. Savez-vous qu'ils n'ont cessé de parler de la famille Moreau après votre départ, de Pauline... de la poison...

– Non! »

J'ai raccroché. Tout est gâché. Plus de magie. Plus de rêve. Ma gorge brûle. Je le déteste : pour l'espoir qu'il m'a donné, pour m'être tant appuyée sur lui depuis ce voyage. A chaque fois que ça n'allait pas j'appelais sa voix. C'était bien qu'il soit médecin sans frontières, ça m'aidait. Je me répétais ses mots : « Tirer le bien du mal. » Hier encore... Il n'aurait jamais dû appeler!

Le téléphone sonne à nouveau. Je vais chercher Pauline. « Dis à ce type que je ne veux plus lui parler, jamais. » Je galope dans les étages, les mains sur les oreilles.

« Cécile, dit Antoine. Tu es là? »

Il hésite à la porte de ma chambre, me repère dans le noir et vient s'asseoir sur le lit, à côté de moi. Sa main cherche ma joue. Je me replie contre le mur, je m'enfonce dans l'odeur du papier. Il y a une image que je ne peux pas oublier : mon père est venu chez Tavernier m'annoncer la mort de Tanguy. Il a de gros cernes sous les yeux, l'air si fatigué. A cet âge, sur un visage, une grande fatigue, ça se lit comme du désespoir. Moi, je ne veux pas sortir, retrouver la vie. De toute sa volonté, il me relève : « Allons! Debout! » Il me porte.

La main d'Antoine insiste, découvre les larmes : « Ma chérie... » C'est la première fois qu'il m'appelle comme ça. Qu'est-ce qui lui prend? Il veut me tuer tout à fait?

« Je n'ai pas besoin que tu le remplaces, dis-je. Ne te donne pas tout ce mal. Garde tes forces pour ma mère.

– Je ne me donne aucun mal, dit-il. J'avais envie de venir près de toi. C'est permis?

– A condition que tu ne me dises pas que ça passera! »

Je ne veux pas que ça passe, surtout pas. Je veux le garder vivant en moi, mon père, brûlant et déchirant. Je lui dois bien ça.

« Quand on a le cœur malade, dis-je, les émotions, je suppose que ce n'est pas bon.

– Ton père n'avait pas le cœur malade, dit-il. Et les émotions, tout le monde en a, quoi qu'on fasse pour les éviter. »

Il allume une cigarette. Je vais lui chercher un cendrier sur la cheminée, tout près de la belle pomme de pin. Elle aussi, c'était le Jura; c'était Emmanuel.

« Qu'est-ce qu'elle a contre moi, ma mère? Tu as vu comme elle me regardait tout à l'heure?

– Je n'ai rien remarqué, dit-il. Comment t'a-t-elle regardée?

– Comme si elle m'accusait. Je me demande bien de quoi!

– Tu sais, dit Antoine. Quand on éprouve une très grande souffrance, on en veut un peu à la terre entière. Parce qu'on s'aperçoit que les autres ne peuvent pas grand-chose pour vous. »

En bas, on entend un boucan du diable : ils mettent le couvert. Ça pourrait être un jour de fête. Quelle idée de mourir à Noël!

« Ces études que tu voulais faire? demande Antoine, des études d'infirmière... Ça tient toujours?

– Ça tient. Et je veux commencer le plus vite possible, même si c'est pour vider les pots et changer les compresses. Tu t'en occupes? »

Il rit.

« Je ne te promets rien pour demain mais je m'en occupe. On va te mettre à l'œuvre, ne t'inquiète pas. »

Je le regarde bien droit :

« Parce qu'une vieille fille et une veuve, ça ne va pas être gai, *La Marette.* »

Il a un sursaut. Je l'ai choqué? On n'avait qu'à ne pas m'appeler la Poison. Je prends la pomme de pin. Quand ça n'allait pas, je la regardais : c'était devenu une manie. Je la serrais dans ma main et je rêvais à quelqu'un qui me voyait autrement : pas en Moreau, pas en poison. En Moi.

« Tu sais que la gratinée doit être... super gratinée, dit Antoine. Et que Nicole a déclaré qu'elle ne ferait pas l'omelette sans son apprentie truffière. Tout le monde t'attend. »

Il se lève et vient me regarder sous le nez. Je demande :

« Ça va, les yeux?

– Avec un peu d'eau, ça sera parfait. »

Il s'engage dans l'escalier. « Antoine! » Il se retourne. Je lui lance la pomme de pin.

« Rends-moi un service. Fous-la dans le feu en passant. C'est un nid à poussière, ces trucs-là. C'est mort et on ne s'en rend même pas compte.

CHAPITRE 7

UN CHÂTEAU EN DANGER

QUE Stéphane était soucieux, on s'en était aperçus depuis longtemps : on avait aussi remarqué les efforts de douceur de Bernadette. Nous avons eu la clef des choses ce matin, après le petit déjeuner.

Les hommes venaient de partir pour le travail. Grand-mère avait recueilli la jeunesse dans son lit, Rami inclus, pour raconter une centième fois l'histoire des trois petits cochons. Tante Nicole et oncle Alexis faisaient des emplettes à Pontoise. Nous nous resservions un café quand Bernadette a explosé.

« Au cas où le malheur des autres pourrait consoler quelqu'un, je vous annonce que rien ne va plus chez les Saint-Aimond.

– Ils divorcent? » ai-je demandé.

Elle m'a assassinée du regard. Comme si le mariage se portait bien et qu'un « grand amour » sur trois ne se cassait pas la figure à l'épreuve de la vie commune.

« Ils dépriment! »

Claire s'est vite beurré une tartine supplémentaire : les malheurs lui donnent faim. Depuis une semaine, elle devait avoir pris au moins deux kilos et constatait avec désespoir qu'elle ne pouvait plus fermer ses pantalons.

« Y a-t-il une raison? a demandé maman.
– Une raison royale avec deux tours, dix hectares de parc et tous les accessoires : Mandreville, leur château! Ils crèvent de peur de le perdre.
– Mais pourquoi le perdraient-ils, a demandé Pauline. Il est à eux ou non?
– Jusqu'ici! Parce que quand ils auront fini de vendre les tapisseries, les tableaux et les meubles pour payer les impôts, ils n'auront plus comme solution que de bazarder les murs.
– Ils paient l'I.V.G.? me suis-je enquise.
– Personnellement, j'appellerais plutôt ça l'I.G.F., tu vois, a dit Bernadette. Et ils le paient. Le percepteur n'est pas venu constater qu'il pleuvait dans le salon, qu'on exposait sa vie en montant l'escalier et que quand tu tirais la chasse d'eau, tu risquais de recevoir le toit sur la tête. Il n'a pas non plus constaté que le père de Stéphane mettait depuis des années tout son fric dans les réfections.
– Mais c'est abominable, a dit la Princesse en engouffrant désespérément sa tartine.
– Tout simplement comme si on nous enlevait *La Marette*, a répondu Bernadette avec un regard vers maman. La seule différence, c'est que nous, on n'y est que depuis vingt ans; eux, ça fait trois siècles.
– Et qu'est-ce qu'ils vont faire alors, ai-je demandé.
– Pour l'instant, le père de Stéphane a décidé de prendre sa retraite. De toute façon, avec les somnifères, les tranquillisants et les remontants, ça ne marche plus très fort au bureau.
– Ce n'est pas ça qui va arranger les finances, ai-je remarqué.
– Provisoirement, si! Ils vont se retirer là-bas et ça fera toujours le loyer de Neuilly en moins. Mais ils se font un sang d'encre.

– Et leur yacht! interroge Claire, le maître d'hôtel, la gouvernante, tout ça? »

Bernadette a soupiré.

« Voilà beau temps qu'ils ont liquidé leur yacht et remercié le personnel, ma pauvre vieille! Encore une tartine?

– Est-ce qu'on peut aider? » a demandé maman.

On l'attendait toutes, cette phrase : « Est-ce qu'on peut aider? » Et pas une phrase en l'air! Si Bernadette avait proposé à maman de partager la maison avec ses beaux-parents, elle aurait commencé tout de suite à répartir les chambres. Mais c'était leur château qu'ils voulaient : aussi fort que nous, *La Marette.*

« A part le billet de loto gagnant, je ne vois pas! »

Un torrent d'aboiements se déverse dans l'escalier, une portière claque dans le jardin, un pas fait bruire le gravier. Nous cessons toutes de parler et regardons la porte. « Il » va l'ouvrir, passer la tête et nous sourire. Il dira : « Ça va, les femmes? » Combien de temps encore, à chaque voiture qui s'arrête, à chaque personne qui entre, nous dirons-nous « c'est lui ».

Mais Charles Moreau n'entre pas. On sonne. Il est dix heures et nous sommes toutes en chemise de nuit, dont deux, Claire et Pauline, genre Folies-Bergère plutôt que comtesse de Ségur.

« Mon Dieu, s'exclame maman. C'est sûrement Hubert. Je n'ai pas vu le temps passer. »

Hubert, cousin éloigné, est notre notaire : Maître de la Grange. Il a appelé il y a deux jours pour prendre rendez-vous et a demandé que tout le monde soit là lors de sa visite. En tant que benjamine et automatiquement sacrifiée, je suis préposée à l'accueil et chacune fuit vers sa chambre le plus discrètement possible. La retraite est couverte par les hurlements de fureur de Rami qui, contre la porte, fait un concours de saut en hauteur. Je prends notre fauve dans mes bras et j'ouvre. Maître de la Grange porte le même costume qu'à l'enterrement. Il a une serviette sous le bras. « Alors, ma petite Cécile? » Mes lèvres lisent sur sa joue qu'on est toujours en hiver. Il y a des roulements de tambour dans la gorge de Rami.

« En voilà un que je ne connaissais pas, remarque-t-il.

– C'est le teckel nain de papa. Il n'a pas eu le temps de le coucher sur son testament vu qu'il l'a reçu trop tard. Le seul chien au monde qui sache sourire. »

Rami en fait une brillante démonstration avant de se jeter sur la belle serviette de cuir pour la dévorer en commençant par les coins comme pour les petits-beurre.

J'ai parlé de testament sans savoir... que dans cette serviette il y a une lettre qui va changer, pour l'une d'entre nous, le cours des choses : lettre écrite par mon père, quinze jours avant ce qu'on appelle, en tirant le rideau des mots, sa « disparition ».

CHAPITRE 8

CRÈVE-CŒUR

On a enfourché les vélos, Bernadette, le vieux clou de papa et moi celui de Pauline dont héritera un de ces jours Benjamin, et on a filé sans rien dire à personne. Bernadette était terriblement excitée. Elle n'arrêtait pas de répéter : « Il faut qu'on y arrive, tu m'entends, Cécile ? Il le faut. Une occasion pareille, ça ne se loupe pas », et j'ai fini par lui conseiller d'arrêter de radoter. Alors elle m'a dépassée et elle a continué à donner ses ordres : au vent.

Le manège était mort. Cela faisait un an que Crève-cœur avait fermé boutique faute de clients. Autrefois, bien avant d'entrer, on entendait les chevaux et leurs odeurs, tièdes et dorées, vous emplissaient les narines. Tout était silencieux; cela ne sentait plus que le vide et, sur la pancarte « Manège de Heurtebise », un imbécile avait rajouté un « a » entre le « b » et le « i » ce qui était vraiment à hurler de rire.

On a mis pied à terre et marché vers les écuries, disposées autour de la cour. Les pavés rutilaient, la batterie des tuyaux d'eau semblait prête à être déclenchée, il ne manquait ni un balai ni un seau. La mâchoire serrée, Bernadette faisait le recensement. Elle s'est arrêtée devant un box et elle a attendu comme si nous allions voir apparaître la bonne tête de Germain : son cheval, décédé mais immortel.

« Merde, a-t-elle dit. Tu te souviens? Qu'est-ce qu'on était heureuses! Et on trouvait encore le moyen de râler... »

... Quand elle travaillait ici tous les jours en qualité de palefrenier... quand *La Marette* était au complet.

Elle a donné un coup de pied dans la porte pour chasser le passé et s'est tournée d'un air vengeur vers la lumière, au-dessus de la sellerie.

« On y va! Apparemment, le chef est là. Je te préviens que les gens racontent qu'il devient cinglé. »

La sellerie n'avait pas perdu ses odeurs : cuir et paille. Les selles et les harnais étaient suspendus aux murs ou alignés sur les chevalets. Sur une planche, il y avait une rangée de bombes; ceux qui oubliaient la leur pouvaient en emprunter mais ils étaient mis à l'amende. Bernadette est allée droit à l'escalier, au fond de la pièce et elle a commencé à monter. Je l'ai suivie.

« Le premier qui s'y frotte, je l'étripe », a crié une voix furieuse.

On a continué et elle a poussé la porte comme si elle voulait l'enfoncer.

Jean-François de Montorgel, surnommé « Crèvecœur » par ma sœur, était assis près de son poêle à bois. D'abord, je ne l'ai pas reconnu. C'était ses cheveux, plus longs, tout blancs maintenant. C'était, au lieu de sa tenue d'équitation, cette vieille robe de chambre et ces chaussons. Et aussi son dos courbé, lui dont les épaules étaient toujours si droites qu'on aurait dit que quelqu'un les lui tirait en arrière.

Bernadette s'est détournée. Il s'est levé et il est venu vers nous. Le bord de ses yeux était rouge.

« Tiens donc, a-t-il dit, la Cavalière! Excuse-moi pour l'accueil mais il y a une bande de voyous qui ont juré de me rendre fou. Ils m'ont baptisé le « vieil indien » et jouent au cow-boy dans mon manège. »

Il a baissé les yeux sur moi :

« La star a daigné se déplacer? »

Depuis le jour où je lui avais dit ses quatre vérités devant quelques millions de téléspectateurs[1] il ne m'appelait plus qu'ainsi. Je l'ai regardé bien droit, au nom de Germain, pour lui dire que je ne regrettais rien.

« Qu'est-ce que vous attendez pour fermer la porte? Vous trouvez qu'il fait trop chaud, ici? »

En tout cas, il n'avait pas perdu sa façon de donner des ordres. On a obtempéré. La pièce était immense, à la fois grenier et musée. Des sièges de bois doré, des secrétaires, des tables et des commodes, tous superbes, tous anciens, étaient alignés les uns contre les autres. Sans compter les tapisseries, les pendules, un lit royal. Et au milieu de ces merveilles, suspendus aux poutres, il y avait les vêtements de Crève-cœur, des selles usées, de vieilles couvertures.

« Je ne pouvais pas tout garder, a-t-il expliqué, la baraque de famille en Sologne et le manège dans l'Oise. J'ai choisi l'Oise.

– A propos de famille, papa est mort », a dit ma sœur.

D'un mouvement sec, comme s'il se cabrait, Crève-cœur a relevé la tête et il a fixé Bernadette.

« C'était un sacré type, ton père. Si j'avais eu besoin, c'est lui que j'aurais appelé.

1. *L'Esprit de famille,* tome I.

– Lui aussi, il vous trouvait un sacré type, a dit Bernadette. Mais c'est moi qui ai besoin de vous. »

Il a redressé les épaules :

« Toi? »

J'ai senti couler dans mon dos quelque chose d'agréable; j'adorais qu'il la tutoie et qu'elle réponde en le vouvoyant. C'était juste. Cela me faisait voir le monde en plus important.

« Installez-vous, petites! »

On a pris place dans un canapé digne de Versailles mais sans retirer notre anorak vu le climat polaire. Crève-cœur est allé ranimer la flamme dans le poêle à bois et, mine de rien, il a retiré au passage la boîte de conserve qui mijotait dessus, prête à l'usage avec la cuillère plantée dedans. C'était donc vrai ce qu'on racontait à Mareuil? Que depuis qu'il avait dû vendre ses chevaux, il retournait à l'état sauvage, qu'il était devenu avare, réservait son vieux pain à Mme Cadillac et achetait de la viande pour chiens?

Il est revenu avec des verres et une bouteille.

« Qu'est-ce que tu attends pour servir le pastis? »

Bernadette en a versé une bonne dose dans chaque verre en faisant exprès de grands gestes masculins comme si elle lui disait « d'homme à homme » :

« Explique-moi ton affaire!

– Je veux monter un manège de poneys », a-t-elle dit.

Il a eu un sursaut, et elle a vite enchaîné pour ne pas lui laisser le temps de s'opposer. Qu'il ne croie pas que c'était une idée en l'air; voilà deux ans qu'elle mijotait son coup. Depuis ce matin, elle avait les moyens de lancer l'opération.

Elle a raconté la visite du notaire : la lettre où mon père nous léguait à chacune un peu d'argent, pas des masses mais quand même. Avec la part de Bernadette, plus la mienne que j'acceptais de lui confier dans l'espoir de la voir prospérer, elle allait pouvoir se lancer.

« Des poneys... a dit Crève-cœur du bout des lèvres. Pourquoi pas des ânes? Et tu viens peut-être me demander de te prêter le local?

– Certainement pas, a dit Bernadette. Le local, je l'ai. »

... Des écuries sensationnelles, des hectares de prés, une forêt pour les balades...

« Et où se trouve ce miracle?

– En Normandie. A Mandreville, le château des Saint-Aimond. »

Penchée en avant, embrouillant tout tellement elle s'emballait, elle a exposé son idée : des stages pour enfants. Huit jours d'initiation à l'équitation, nourris, logés, la mer à côté.

« Nourris, logés... et qui tiendra l'hôtellerie?

– Moi, nous, tout le monde. Les Saint-Aimond sont au trente-sixième dessous : ça les occupera.

– Et qu'est-ce qu'ils pensent de ton idée de génie? »

Ma sœur a sorti sa pipe : une de celles de papa. Elle l'a plantée entre ses lèvres; ça, moi je n'aurais pas pu!

« Ils ne sont pas encore au courant. Vous êtes le premier prévenu.

– Très honoré », a dit Crève-cœur.

Il s'est levé et il a commencé à arpenter son musée. La plus belle pièce était peut-être celle qui se trouvait en face de nous, près de son lit : un tableau, représentant des chevaux sur un champ de bataille. L'un d'eux, cabré, refusant la mort de ses yeux fous. Crève-cœur s'est arrêté devant et il l'a regardé. Puis il est revenu vers nous, et il a vidé son verre d'un trait.

« Si je comprends bien, tu veux monter une entreprise?
– Exactement.
– Tu ignores peut-être qu'à l'heure actuelle, les gens sont plutôt en train de fermer boutique, ça ne te fait pas peur?
– Si, a-t-elle dit. Terriblement! Mais c'est ça ou crever. »
A son tour, elle a vidé son verre; j'ai suivi.
« J'étouffe, moi, vous comprenez? Vous vous voyez enfermé à quatre dans trente mètres carrés, sans canassons, sans forêt, sans balades? Un an de plus de ce régime et je balance tout.
– Et qu'est-ce que tu attends de moi au juste, à part sauver ton ménage?
– Des chiffres, un plan, un truc en béton que je mettrai sous le nez des Saint-Aimond et qu'ils ne pourront pas refuser.
– Et s'ils refusent quand même?
– Est-ce que vous refuseriez, vous, si on vous donnait les moyens de remettre le navire en route? » a crié Bernadette.
Jean-François de Montorgel a baissé les yeux et, comme maman, il a contemplé ses mains. C'étaient de belles mains longues et fines, presque des mains de musicien. Au « Cadre noir », l'école d'équitation de Saumur à laquelle il avait appartenu longtemps, on leur apprenait, paraît-il, à jouer du cheval comme d'un instrument : une simple pression du doigt et la monture répondait. Il a regardé ses mains comme s'il regardait un archet cassé et j'ai senti venir le « non ». Non, il ne recommencerait pas! Il avait trop donné et trop espéré, c'était fini. Il s'est tourné vers Bernadette pour le lui dire et le mot s'est arrêté sur ses lèvres. Les yeux brillants, prête à foncer, prête à tout tenter quitte à tout perdre, elle attendait sa réponse. Elle devait être

comme lui autrefois, quand il avait ouvert son manège en espérant mettre toute la France sur canassons.

« Je suppose que je dirais « oui », a-t-il grommelé. Je suppose que seul un vieux machin au rebut, tout juste bon à se noyer dans le pastis, refuserait une occasion pareille.

– Vous voyez! » a triomphé Bernadette.

Elle s'est levée et elle a commencé à se cogner aux murs de la pièce comme une pouliche qui manque d'air. J'ai eu envie de casser les barrières et de courir sur la route à ses côtés pour tout dépasser, même moi.

« Primo, on choisit les poneys... Deuxio, on remet les écuries en état : pas de bile à se faire pour le paddock, on l'a. En se dépêchant, on pourrait démarrer l'été prochain, peut-être même un premier groupe à Pâques histoire de tester...

– « On? » a demandé Crève-cœur d'une grosse voix.

Bernadette s'est arrêtée; elle l'a regardé avec stupéfaction.

« Mais j'ai besoin de vous. Il faudra quelqu'un pour diriger les mômes, quelqu'un à poigne, qui leur fasse peur...

– ... et qu'ils appelleront « Crève-cœur », c'est ça? »

Il s'est levé à son tour. Son visage était rouge brique. Il semblait vraiment en colère. Il se tenait maintenant tout aussi droit qu'avant. Il a resserré les cordons de sa robe de chambre.

« Est-ce que tu m'as entendu dire « oui » par hasard? a-t-il tempêté. Depuis quand suis-je aux ordres? Il y a une condition, ma belle! »

Bernadette est retombée dans son fauteuil et j'ai vu qu'elle avait peur : elle avait peur parce qu'entre les deux, c'est Crève-cœur le plus têtu, question d'honneur. Alors que les gens ne savent plus ce que ce mot veut dire, lui, il en met partout. Il vit dessus. Et si elle refusait sa condition, c'était cuit.

Elle a empoigné la bouteille et s'est resservie. J'ai tendu mon verre.

« Je vous écoute, commandant de Montorgel », a-t-elle dit en relevant le menton.

Il est venu mettre son nez sous le sien. Il avait cet air décidé que je lui avais vu un jour où un cheval avait pointé et où, sans colère, mais de toutes ses forces, il lui avait envoyé un coup de cravache entre les oreilles. Le cheval s'était incliné.

« Peut-être as-tu dans ta caboche l'idée de m'engager comme valet? a-t-il grondé. Peut-être mijotes-tu, dans ta tête de mule, de payer ce vieux Crève-cœur à la fin du mois, en soustrayant la nourriture et le logement? Mais moi aussi, figure-toi, j'ai des sous de côté. Et si tu n'acceptes pas que je mette ma part dans l'affaire, tu y vas sans moi, ma belle! C'est à prendre ou à laisser. »

Bernadette a fermé une seconde les yeux. Elle serrait si fort son verre que sa main était blanche.

« Rien que pour vous embêter, je prends, a-t-elle dit.

– Alors, a explosé Crève-cœur, tu sauras pour commencer que tes écuries, tu peux te les remballer. Un poney, ça vit à l'air libre, hiver comme été. Tu ne crois pas qu'on va se mettre des frais inutiles sur le dos? »

Il s'est détourné. Il a levé le doigt après l'avoir léché, comme font les gens au bord de la mer, pour sentir la direction du vent et je me suis dit, qu'au fond, tous les hommes étaient un peu marins.

« On dirait bien que le zef se lève, a-t-il murmuré comme pour lui. On dirait bien que la vieille carcasse va repartir pour un tour. »

Et il y avait des embruns dans ses yeux. »

CHAPITRE 9

GABRIEL ALPINISTE

En arrivant près de *La Marette,* du bout du chemin, nous les voyons : une bonne vingtaine de personnes arrêtées devant notre grille. Mise en valeur par la lumière du lampadaire, je reconnais la chevelure flamboyante de Mme Cadillac. Bernadette s'arrête net : « On voit clair ou c'est le pastis? »

La voix de grand-mère, qui crie quelque chose d'inaudible, ça ne peut pas être le pastis. Mais c'est bien lui qui m'empêche d'avoir peur, qui me fait tout ressentir en léger. Je m'entends déclarer :

« S'il y a un mort de plus, je te préviens que je file direct à la gare. J'attrape le premier train et je descends au terminus, parce que tu vois, ce paysage-là, il commence à me sortir par les yeux.

– Moi de même, répond Bernadette du même ton de plaisanterie fine. Et je prends le train avec toi, mais pas n'importe lequel. On va jusqu'à la mer. Je me noierais bien un peu. »

Fortes de notre décision, nous réenfourchons les vélos et fonçons vers les gens qui forment barrage à l'entrée du jardin. « On attend les pompiers », nous apprend d'un air important un type à qui il ne manque que l'uniforme et le sifflet pour faire le service d'ordre.

« Nous, on attend de rentrer chez nous, grogne Bernadette. Alors, si vous permettez... »

Il permet à regret. Et c'est alors qu'on voit grand-mère! Elle est assise au beau milieu de l'allée, en manteau de fourrure, sur un des fauteuils du salon. « Tiens bon, mon ange, hurle-t-elle, les mains en porte-voix. Serre-la fort, ta cheminée. »

Suivant son regard, nous découvrons, dans la nuit qui tombe, ce crétin de Gabriel, une corde autour de la taille, agrippé à une cheminée, sur le toit de la maison.

« Haut les cœurs, crie Alexis debout derrière sa sœur. Montre-nous que tu es un homme! »

« L'homme » gémit lamentablement. Quelques mètres plus bas, penchée à sa fenêtre, Pauline prodigue elle aussi ses encouragements.

Bernadette est soudain prise d'un rire nerveux.

« Bravo! fulmine grand-mère. Félicitations. La voilà qui trouve ça drôle. Et s'il tombe? »

... Il atterrit dans la gouttière. Pour peu que la gouttière lâche, il est bon pour la plate-bande.

« Depuis quand il est là-haut?

– Depuis que pour épater tes filles, il a décidé qu'il s'appelait Maurice Herzog, tempête grand-mère.

– Herzog?

– Le héros du film d'hier à la télévision. J'aurais dû me méfier quand il a demandé à Nicole de lui rapporter de Pontoise une panoplie d'alpiniste.

– Ne lâche pas, hurle Alexis. On va te tirer de là, mon bonhomme. »

Une petite main se glisse dans la mienne : Benjamin. Il me désigne son cousin :

« A la montagne, explique-t-il, une cheminée, c'est un trou dans les glaciers et parfois on tombe dedans.

– Toi, ne parle pas de malheur », supplie grand-mère.

Elle caresse sa tête :

« Heureusement qu'il y en a un de raisonnable dans le tas! C'est lui qui est venu nous avertir. Mais comme au lieu de nommer son cousin, il ne parlait que de Maurice, on a mis un moment à saisir.

– Maurice Herzog a eu les doigts, le nez et les pieds en glace. On lui en a coupé un peu mais il a survécu », récite Benjamin.

Au loin, il me semble entendre la sirène des pompiers.

« Les voilà, dit Bernadette. Et Claire et maman, où sont-elles?

– A Pontoise avec Nicole. Une chance qu'elles échappent au spectacle.

– Et Tavernier? »

Grand-mère soupire :

« Pour une fois, il manque à l'appel. »

Les gens s'écartent pour laisser passer la voiture, puis ils profitent de l'occasion pour pénétrer carrément dans le jardin. On y voit de moins en moins. Grand-mère vient à la rencontre de nos sauveurs.

Ils sont quatre. Parmi eux, je reconnais « P'tit Louis » qui travaille à la ferme. Mais sous prétexte qu'il est en uniforme, il me snobe.

« Capitaine, je vous présente mon petit-fils le plus stupide, déclare grand-mère en montrant le toit. Pensez-vous pouvoir le tirer de là?

– Affirmatif, répond le capitaine. On en a cueilli de plus haut perchés. »

La grande échelle est déjà déployée et « P'tit Louis » grimpe comme un chat. Tous les regards le suivent. Là-haut, les gémissements battent leur plein.

« Encore une minute, mon grand, crie grand-mère. Ce n'est pas le moment de flancher. »

Le pompier est maintenant à la hauteur de l'alpiniste. Il parlemente, apparemment sans résultat. Maurice Herzog enlace plus désespérément que jamais son piton.

« Veux-tu bien lâcher cette cheminée de malheur, clame maintenant grand-mère.

– Tu ne vas quand même pas rester accroché là toute la nuit », beugle oncle Alexis.

Tout le monde crie pour encourager Gabriel. Ma tête tourne. Il n'y a plus, entre le grave et le comique, entre le rire et les larmes, qu'un fil presque invisible, peut-être le même qui sépare la vie de la mort. Quand Gabriel abandonne enfin sa cheminée pour se précipiter dans les bras du pompier, un « ah » général se répand.

« C'était le seul moment vraiment délicat, explique le capitaine à grand-mère. On en a vu précipiter leur sauveteur dans le vide. La peur leur donne une force extraordinaire. »

P'tit Louis descend lentement, Gabriel dans ses bras. Chacun évoque des souvenirs : on pourrait toucher le plaisir.

« Un jour, on faisait la Vallée blanche, raconte Mme Cadillac, et voilà Albert qui disparaît dans une crevasse. On envoie la corde et qu'est-ce qui revient au bout? Un qu'on ne connaissait ni d'Eve ni d'Adam. Il attendait là depuis trois heures : en somme, un de tombé, deux de remontés! »

Elle a son petit succès et fait voler sa chevelure. Quand le pompier dépose Gabriel sur le sol, les applaudissements éclatent. Les jumelles sont apparues à la fenêtre et s'en donnent elles aussi à cœur joie. Gabriel relève le nez pour regarder ses cousines et, sous les larmes, un sourire apparaît. Grand-mère est venue se planter en bas de l'échelle. On attend qu'elle prenne le rescapé dans ses bras lorsque sa main part et deux gifles sonores claquent.

« Pour apprendre à Herzog junior qu'il a encore de la soupe à manger avant d'être alpiniste », dit-elle.

Un peu plus tard, aux pompiers venus boire un verre à la maison, elle explique que le jour où l'appel des cimes retentira à nouveau pour Gabriel, elle préfère qu'il se souvienne de la gifle plutôt que des ovations.

Et quand maman, Claire et Nicole reviennent de Pontoise, les bras pleins de cadeaux offerts par les Montbardois qui nous quittent demain, tout est rentré dans l'ordre. Les quatre enfants dînent à la cuisine. Mélanie et Sophie n'ont d'yeux que pour leur grand cousin qui, entre deux cuillerées de potage leur explique que plus tard, finalement, il « fera » pompier. Nicole ne comprend rien au silence qui s'abat lorsqu'elle lui offre la panoplie d'alpiniste qu'elle a eu, dit-elle, un mal fou à trouver.

Grand-mère ayant totalement perdu sa voix, c'est Alexis qui se charge de relater les événements. Moi, je suis assise près du feu : tout se passe un peu loin. Le brouillard heureux s'est dissipé, il ne reste que l'écœurement. Je croise le regard de Bernadette. Il est plein de projets : inutile de demander lesquels. Elle me sourit.

« J'ai trouvé le nom du premier poney, murmure-t-elle.

– Pastis ? »

CHAPITRE 10

FRIPES EN OR

MAMAN rit. Assise sur le tapis, elle rit aux larmes devant la grande armoire ouverte : celle « des vacances », où l'on range tout ce dont on ne se sert qu'à l'occasion : affaires de sports d'hiver et de mer, peaux de phoque, cirés, palmes, masques. Derrière la rangée de chaussures de ski, soigneusement enveloppées dans un plastique, elle vient de découvrir toutes les vieilles fripes dont papa avait juré s'être débarrassé : chemises usées, pantalons transparents, antique robe de chambre, chandails...

Voilà trois jours qu'on procède au tri des affaires du défunt. Il faut faire vite, disent ceux qui sont passés par là, sinon on finit par tout garder. On a fait deux tas : les vêtements en bon état, que l'on donnera et ceux qui feraient peut-être des heureux mais on n'ose pas les proposer de peur de vexer. Parfois, l'une de nous se porte candidate. Moi, je suis preneuse de pulls mais je ne jure pas qu'on me les verra sur le dos : la laine, c'est ce qui garde le mieux les odeurs.

« Ce n'est pas possible, un homme comme ça... répète maman en contemplant sa découverte. Tout y est! Il n'avait rien jeté. Absolument rien. »

Il fallait des mois de lutte pour le convaincre d'abandonner l'un de ses vêtements. Les pourparlers revenaient chaque année à l'automne, lors des grands rangements de rentrée : « Ecoute mon chéri, ça fait trois ans que tu ne l'as pas portée, cette veste! Elle est tout juste bonne à attirer les mites... » Et Charles, l'air déconfit, partait, son ballot sous le bras vers le tas de feuilles mortes, au fond du jardin, préférant, disait-il, incinérer ces vieux serviteurs fidèles plutôt que de les jeter à la poubelle avec les ordures ménagères. Et les revoilà, au complet, soigneusement pliés dans leur plastique.

« Il nous a bien eues, constate Claire.

– Tout le reste, dit maman, je vais pouvoir m'en débarrasser, mais ça, ces machins inutilisables, je ne crois plus que j'aurai le courage. »

Pauline fourrage dans le tas, en extirpe un chandail qui a tant d'ouvertures qu'on ne saurait par laquelle l'enfiler.

« Mais qu'est-ce qu'il avait l'intention d'en faire? s'étonne-t-elle. Il savait bien qu'il ne le remettrait jamais!

– Il ne pouvait pas jeter, tout simplement, explique maman. Chez lui, quand il était jeune, c'était la pauvreté. On ne savait jamais très bien, le matin, si on aurait de quoi le soir; alors on gardait tout, au cas où.

– Et ses études de médecine alors, il les a faites avec quel fric? s'étonne Bernadette.

– Des bourses. Je crois aussi qu'une personne généreuse a aidé. Il n'aimait pas en parler. »

C'est vrai qu'il ne parlait jamais « d'avant », mon père : avant maman, nous, *La Marette*. C'était comme s'il avait tiré un trait. Parfois, une petite phrase qui donnait une piste, son horreur de gaspiller la nourriture, son regard dans la rue, sur les misérables, un regard furibond, qui n'acceptait pas que cela puisse encore exister.

« Si on avait su, murmure Pauline. On l'aurait encore plus aimé. »

Toutes les quatre, assises sur le sol, autour du paquet de vieilles fripes, nous observons une minute de silence. Nous célébrons ce type formidable qui s'appelait Charles. Maman s'est adossée au mur; elle regarde droit devant elle, sa solitude.

« Ce qui est dur, voyez-vous, murmure-t-elle, ce sont toutes les « premières fois ». La première fois qu'on ouvre ce tiroir, qu'on mange de ce plat, qu'on regarde cet objet... le premier tour de verger, la première promenade. Et bientôt, ce sera le premier printemps, les premiers fruits rouges qu'il adorait. C'est un peu comme renaître, différemment, douloureusement, dans un univers gris. »

Les larmes coulent sur ses joues; elle a fermé les yeux. J'ai terriblement mal. Je ne peux plus respirer. Je voudrais pouvoir dire « pardon ». C'est juste après la mort de Tanguy. Mon père est monté dans ma chambre. Soudain, il semble avoir du mal à respirer. Il porte la main à son cœur. Je demande : « Ça va? » Il répond : « Ce n'est rien. »

« Ça va, ma vieille? »

Bernadette me regarde, l'air inquiet. Ça va! Moi, je vis.

Puis maman remet le paquet dans l'armoire. Elle essuie ses yeux, se relève, sourit gravement à mes sœurs.

« C'était formidable que vous soyez à *La Marette*, mais il est temps que chacune rentre chez elle. Votre place est auprès de vos maris et il faudra bien que j'apprenne à vivre seule. »

Nous sommes vendredi; elles partiront dimanche soir, après le dîner, comme avant. Ce sera le second dimanche sans lui. « Vivre seule »?... a dit maman. Et moi?

Pauline passe la tête par la porte de ma chambre.

« J'ai oublié de te dire, Cécile. Demain soir, on est invitées chez Béa. Cinéma, petite bouffe, ça te va? »

CHAPITRE 11

EMMANUEL

J'AI tout de suite reconnu sa voix, de l'entrée, sans le voir : une voix particulière, un peu sourde et comme retenue. Celle de Martin lui a répondu. Ils ont ri. Je me suis figée : il me semblait avoir été attirée dans un piège.

« Salut les cocottes, a dit Béa. Il ne manque plus que Paul maintenant. On vous attendait en discutant du film. Les avis sont partagés. »

Elle nous a précédées au salon. Ils étaient tous les deux debout près de la fenêtre, lui, plus grand que dans mon souvenir, plus brun aussi. Ils sont venus vers nous et Martin m'a soulevée de terre pour me faire goûter trois fois à sa barbe.

« Voilà Emmanuel, a dit Béa, un du Jura, cousin de Martin et médecin sans frontières. Regardez-le bien : vous ne le verrez pas souvent. Ses malades se comptent par millions, paraît-il.

– Depuis le temps qu'il nous entendait parler des Moreau, il avait envie de connaître, a dit Martin.

– Dommage qu'il ait loupé le plus beau fleuron », ai-je remarqué.

Il m'a serré la main. Il y avait juste dans son regard une petite flamme joyeuse pour me faire souvenir. On ne m'avait dressé aucun piège :

Emmanuel n'avait rien dit. Personne ici ne savait qu'une nuit de vent, dans le salon endormi d'un hôtel, sans même savoir son nom, je lui avais bêtement déballé ma vie.

J'ai demandé à Béa la permission d'utiliser sa salle de bain et je m'y suis bouclée. Je ne savais plus où j'en étais : la panique tous azimuts. A la fois le désir de fuir, de me cacher, et la peur folle de décevoir ce type qui pourtant ne m'était rien, qui m'avait déçue.

On a frappé :

« Ouvre », a ordonné Pauline.

Je me suis exécutée et j'ai vite refermé derrière elle. Elle me regardait avec réprobation.

« Qu'est-ce qui t'arrive? Tu es malade ou quoi?

– Ça ne va pas fort, ai-je avoué. Je ne suis pas sûre de venir avec vous finalement.

– Et moi je te garantis bien que si, s'est indignée ma sœur. Tu crois qu'on lâche les gens comme ça? Tu n'as pas le choix, ma vieille : tu viens! »

J'ai crié :

« Tu ne vois donc pas que je suis horrible? »

Ça, au moins, c'était une certitude : cette gueule lamentable, ces cheveux pendouillants, ce nez rond et ces grosses jambes, c'était moi. Il ne manquerait plus que mes lunettes, tout à l'heure, au cinéma, pour parfaire le bouquet.

« Horrible? a dit Pauline. Espèce d'idiote! Regarde-toi. Tu as tout simplement les yeux les plus extraordinaires qui soient et la bouche la plus émouvante.

– C'est ce qu'on dit à celles qui n'ont rien d'autre. Dis-moi aussi que j'ai de beaux bras pendant que tu y es, ça me fera une belle jambe. »

Elle n'a pas eu l'air de trouver ça drôle du tout.

« Ce n'est pas moi qui le dis, c'est Paul. Et si tu n'étais pas ma sœur, je serais jalouse. Il t'a décrite dans une nouvelle, figure-toi. Quelque chose comme « des yeux superbes qui à la fois tiennent à distance et appellent " au secours ", des lèvres de femme avec une moue d'enfant... »

– Un corps de crapaud malade... »

Elle a éclaté de rire.

« Viens là, crapaud! »

Elle m'a placée à côté d'elle devant la glace. J'étais dix fois moins grande avec cent kilos de plus. J'ai regardé mes lèvres de femme qu'aucun homme n'avait encore embrassées vraiment et mes yeux qui, s'ils appelaient « au secours », c'était sûrement parce que nul ne remarquait leur splendeur.

« Ta poitrine, j'achète, a dit Pauline. Si tu crois que la planche à pain, c'est gai! J'achète ta taille et tes hanches. J'ai toujours rêvé de faire un huit. Je garde mes jambes si tu permets, on ne peut quand même pas tout avoir.

– Et les pieds?

– Les pieds, c'est jamais beau. On a toutes hérité de ceux de papa, ce qui n'est... pas le pied, puisque tu sembles d'humeur à plaisanter. Et maintenant, on peut savoir pourquoi ce cirque? »

J'ai tourné le dos à la glace :

« A propos de pères, il y en a qui se barrent avant d'avoir fait admettre à leur fille qu'elle pouvait plaire aux mecs », ai-je dit.

La sonnette a retenti dans l'entrée juste à point pour nous dispenser du mélo. Le visage de Pauline s'est éclairé :

« A propos de mecs, voilà le mien! Et si tu veux savoir, il n'a pas été facile à décrocher! Il a fallu sérieusement ramer. Maintenant, tu as cinq minutes pour nous rejoindre sinon je dis tout.

– Tout quoi? »

Elle a filé sans répondre. J'ai fait un peu le ménage autour de mon regard unique qui virait au charbonneux, j'ai tiré la chaîne pour donner le change et je les ai rejoints au salon. C'est Béa qui, finalement, avait choisi le film. Il se donnait juste à côté. Elle m'a saisi le bras, l'air de celle qui mijote un sale coup.

« Une grande nouvelle, mon enfant. Pour fêter votre majorité, on vous offre un spectacle interdit aux moins de dix-huit ans. »

Les critiques en avaient plutôt dit du bien et la salle était pleine d'hypocrites, ravis d'avoir pu entrer sans raser les murs. La plupart du temps, le décor était réduit : une chambre et un lit; les vêtements n'avaient pas dû ruiner la production. Pour les dialogues, « oui », « non », « encore », le reste en soupirs et en cris, ça dépendait de l'action qui se déroulait sous des éclairages variés, en plus ou moins gros plans.

Dans la salle, c'était le silence. Moi, j'avais honte! Honte d'être venue là, d'assister à cette horreur; et d'avoir mis des lunettes pour ça!

Je les ai retirées et j'ai fermé les yeux. Il ne manquait plus que mon père au tableau. Il est arrivé tambour battant, l'air de me dire : « Mais qu'est-ce que tu fais là? » C'était mon premier film depuis sa mort et mon premier érotique en plus. « Toutes les premières fois... » avait dit maman. Joli doublé.

« Ça va? » a demandé Emmanuel.

Il essayait de voir mes yeux.

« Juste un petit coup de cafard, ce n'est rien. »

Il s'est penché vers Béa, lui a parlé, puis il s'est levé : « Venez! » Je l'ai suivi.

Ils avaient laissé les décorations de Noël dans l'avenue en oubliant que pour ceux que la fête a largués, les prolongations ne sont pas nécessaires. C'était samedi, le jour à veiller et il y avait beaucoup de monde partout. L'air était glacé mais cela faisait du bien : en respirant à fond, on avait l'impression de se nettoyer des images du film, moites, poilues, visqueuses.

« Si vous voulez savoir, j'ai ce genre de film en horreur, a dit Emmanuel.

– C'est des trucs épatants à faire, ai-je retorqué, mais qui ne gagnent rien à être montrés. »

Il a eu l'air surpris. J'ai regardé ailleurs : ma vie privée ne concerne personne.

Nous sommes entrés dans un bar anglais, tout en longueur, style train de luxe et nous nous sommes installés dans le dernier wagon.

« Qu'est-ce que vous voulez boire? »

J'ai commandé un pastis ce qui m'a valu un nouveau regard étonné. Il a choisi sa marque de bière, le garçon est parti et on s'est retrouvés seuls. Il y avait des lampes sur chaque table, des glaces décorées, de la moquette. Le silence me nouait. Il faudrait que j'attende ce soir, dans mon lit, pour profiter de ce moment et me dire que je m'y trouvais bien. C'était toujours comme ça : incapable de profiter de l'instant présent.

Il a regardé autour de lui.

« Voyez-vous, a-t-il dit, ce genre d'endroit, quand on est là-bas, on ne peut vraiment plus croire que ça existe.

– Là-bas?

– Quelque part en Afrique, en Asie ou ailleurs. Là où les choix sont simples. »

... vivre ou crever. Il a commencé à me raconter. Les « médecins sans frontières » travaillaient surtout dans les camps de réfugiés. Quand ils y arrivaient, le plus souvent, ils ne trouvaient rien. Ni locaux bien sûr, mais pas d'eau potable non plus, pas de nourriture ni de médicaments : rien qu'une foule pourrissante et traquée. Alors avant d'être médecins, ils se faisaient terrassiers, menuisiers, soudeurs, électriciens. A part ça, il était chirurgien.

Il parlait avec beaucoup de calme et de chaleur, en ayant l'air d'espérer malgré tout. J'ai demandé :

« Pourquoi avez-vous choisi de faire ça? »

Il a eu un sourire :

« Dans l'un de ces pays, il y a une route que quelqu'un a baptisée « route de l'espoir ». C'est celle par laquelle nous arrivons. Ils ont tous les yeux fixés dessus. Il en faut bien pour s'y engager. »

J'ai regardé ses mains. Elles étaient très longues, fines et fortes en même temps. Je les ai imaginées dans la chair, essayant d'en extirper la mort. J'avais envie qu'elles me touchent, moi.

« Maintenant, je dois vous avouer quelque chose, a-t-il dit. Quand on est là-bas, on a parfois du mal à s'endormir, alors on appelle quelqu'un à la rescousse : sa mère, sa femme, une actrice, une chanteuse, n'importe. Moi, je n'appelais personne mais une jeune fille s'invitait : dans une curieuse chemise de nuit... »

J'ai plongé le nez dans mon pastis. Je ne supporte pas les compliments. Lorsqu'on m'en fait, j'ai toujours l'impression qu'on se trompe de destinataire.

« Une jeune fille prénommée Cécile. »

J'ai relevé la tête :

« Vous pouvez dire la Poison si vous voulez. Tout le monde m'appelle comme ça. »

Il a tendu la main et en a recouvert la mienne. Il y a quelques secondes, j'avais envie qu'il me touche, maintenant j'aurais voulu être à cent kilomètres.

« Béa m'a dit pour votre père! »

J'ai senti monter dans ma gorge les prémisses de l'étouffement. Je ne voulais pas parler de mon père.

Je n'attendais personne sur la route de l'espoir. J'avais plein de gens autour de moi qui ne demandaient qu'à m'aider et moi je voulais qu'on me laisse tranquille.

« C'est surtout pour maman que c'est dur. Moi, ça va! »

Il s'est tu un petit moment. J'en ai profité pour finir mon pastis ce qui m'a donné l'occasion de retirer ma main.

« Et ce garçon dont vous m'avez parlé? »

J'ai dit : « Il s'est flingué. » Il n'a pas fait de commentaire. Comme dans le Jura, il attendait la suite. Mais c'était fini, le Jura, le bonheur, la légèreté. Et ce désir immense qui m'emplissait soudain de me retrouver là-bas avec lui, comme ce soir-là, dans les choix ouverts, dans l'innocence, ce désir de recommencer était intolérable. Je ne recommencerais rien. Je ne ressusciterais personne.

Il a demandé : « Vous l'aimiez? » Et en un sens ça m'a sauvée. J'ai répondu que « oui », que c'était réciproque et que nous nous entendions bien, très bien, passionnément. Moi que personne n'avait touchée, je m'entendais parler comme si j'avais fait l'amour avec Tanguy. Je fuyais sur le radeau des paroles, je m'éloignais des rives dangereuses. Mais n'était-ce pas l'amour quand il s'était penché sur moi, à *La Marette,* que je l'avais entendu respirer autrement et que j'avais vu son regard changer? Ça l'était puisque je n'avais qu'à dire « oui ». Tanguy m'avait désirée, telle que j'étais et sans que j'aie à « ramer » comme Pauline : voilà ce que je voulais garder en moi. On est libre de trier parmi ses souvenirs. Cela me regardait si je conservais le rêve, pas la réalité.

Il m'écoutait, le visage grave, le menton sur la main. Qu'avait-il espéré? Que je croulerais sur son épaule en lui disant que je les avais tués tous les deux et ne me le pardonnerais jamais?

Je lui ai dit aussi que je m'étais promis de ne pas oublier Tanguy, de lui rester fidèle et, en lui parlant ainsi, j'avais l'impression de dresser des murs pour me protéger. De qui? De moi?

CHAPITRE 12

TROIS MOIS, DÉJÀ!

Moi, je me suis lancée dans mes études d'infirmière. Les tests ont été satisfaisants, l'examen de français correct et j'ai passé l'entretien avec succès. Derrière le bureau, l'un des médecins qui m'interrogeait connaissait le docteur Moreau. Ça m'a sûrement valu des points en plus : merci papa!

Chaque jour, je pousse la porte de l'hôpital, la porte des cent mille douleurs et j'ai l'impression de trouver refuge. Ces murs-là aussi me protègent. Derrière eux, le monde suspend son souffle. Tout est comme tamisé par le blanc, les bruits semblent venir de loin, les odeurs sont différentes, même la nourriture a un autre goût.

Le matin, j'assiste aux cours. L'après-midi, c'est le contact avec les malades : température, toilette, lits. Quand j'entre dans les chambres, les regards m'appellent comme du fond d'un puits, avides d'un peu de lumière. Je m'y enfonce. Je m'y noie : si je pouvais, je dormirais là.

« Relax! s'inquiète Pauline. Débraie un peu, ma vieille. On ne te voit plus. Tout le temps là-bas ou dans tes cahiers. Qu'est-ce qui t'arrive? L'hôpital, ce n'est quand même pas le couvent! »

J'aime aussi enfiler ma blouse, laisser dans le

placard mes vêtements habituels. Je deviens n'importe qui, tout le monde, personne. Hôpital, silence!

Maman s'est mise elle aussi au travail. Terminés, les beaux jours du bénévolat. Elle suit un cours accéléré de secrétariat médical. Dans un an, elle pourra travailler. Elle n'avait pas le choix : question de sécurité sociale.

A *La Marette*, le plus pénible, ce sont les repas. Nous les prenons à la cuisine, l'une en face de l'autre et je pense à avant... quand nous étions six autour de la table de la salle à manger, quand Il était là et qu'elle riait pour rien. Elle s'efforce de me parler, de se tenir au courant. J'arrive à peine à lui répondre. Je vois bien qu'elle a hâte de monter dans sa chambre où pourtant personne ne l'attend... pour la trouver encore jolie, pour la caresser peut-être et l'appeler « ma femme » comme il le faisait parfois avec un air « de capitaliste sans vergogne », disait Bernadette.

Hier soir, j'ai senti son regard sur moi, très grave. Elle semblait hésiter à parler. Elle a failli le faire. Je me préparais au verdict mais rien n'est venu. La lettre où mon père nous lègue de l'argent, il l'a écrite huit jours après la mort de Tanguy, le 6 décembre. Huit jours après avoir, dans ma chambre, fait ce geste vers son cœur. Elle a forcément fait le lien elle aussi. Comment peut-elle encore supporter ma vue?

Trois mois déjà! Les jours rallongent. Le printemps qui vient me fait mal. Il ne le verra pas. Je préférais la nuit. Dès que ses filles sont à l'école, Bernadette court à Heurtebise comploter avec Crève-cœur. Il paraît que ça avance. Ils seront bientôt prêts. Elle n'a encore rien dit à personne, même à Stéphane. Dimanche prochain, les Saint-Aimond viennent déjeuner à *La Marette*. Est-ce le grand jour? En attendant, elle est odieuse, invivable. C'est la peur!

Emmanuel a appelé. Je n'étais pas là. Il a laissé son numéro. Que me veut-il? Je n'ai plus rien à lui dire. Finalement, même en souvenir, c'était paralysant, sa main sur la mienne.

Mélodie a un ami. Ils ont fait l'amour. Elle ne trouve pas ça génial mais espère que ça viendra. Lui a tout le temps envie, elle pas. A une époque, on se documentait ensemble sur la question. On achetait des journaux spécialisés. Ça nous ruinait parce qu'on en prenait dix sur d'autres sujets pour noyer le bon dans la masse vis-à-vis de la marchande. On mettait des lunettes noires et un foulard. On se sentait coupables, c'était formidable. Elle avait acheté une loupe pour étudier de plus près les morceaux intéressants. Dans une maison, il y a plus de cachettes que dans un appartement, aussi était-ce moi qui gardais le paquet. Le jour où maman a failli tomber dessus, j'ai tout bazardé dans la poubelle de M. Chopin, un voisin. J'espère qu'il n'a pas eu d'ennuis mais Mme Chopin faisait une drôle de tête le lendemain.

Benjamin pose des problèmes. Il est solitaire, angoissé, nerveux : « schizo », dit Pauline qui adore employer de grands mots. Presque chaque nuit, il les réveille en hurlant : il dit qu'il voit la mort au bout de son lit sous l'aspect d'une forme noire qui cherche à le prendre dans son manteau. Le médecin l'a mis sous calmants. La peur de la mort est, paraît-il, classique chez les enfants. Benjamin a juste un peu d'avance. Cela se tassera avec l'âge. Il aura moins le temps d'y penser. Il sera emporté par la vie.

Ce soir, ses parents sortent. Je suis de garde chez lui. Si la mort se présente, elle aura affaire à moi.

CHAPITRE 13

MON AMI GREGORY

Je viens d'éteindre la télévision et je démarre pour ma nuit, sur le canapé du salon qui m'accueille quand je « babysitte », lorsque j'entends un bruit : un son très ténu, pointu, électronique. J'allume.

Ça semble venir du bureau, au bout du couloir : une petite pièce genre placard amélioré, peuplée de livres et de dossiers que s'est réservée Paul quand il cherche le tête-à-tête avec lui-même. Pauline l'appelle le « confessionnal ».

Cela ne peut pas être mon beau-frère puisqu'il est chez des amis, à cinquante kilomètres de Paris et que le retour n'est pas prévu avant demain matin. Je me lève et fais un tour du côté de chez Benjamin : son lit est vide, inutile de chercher plus loin. Que trafique-t-il dans le confessionnal au lieu de dormir?

C'est bien de là que le bruit vient : on voit filtrer la lumière sous la porte. Je tourne tout doucement la poignée en cas de crise de somnambulisme et j'entre. Il me tourne le dos. Il est bien trop occupé pour m'entendre.

Il est assis devant Gregory, le cerveau de la maison, l'ordinateur de Paul. Paul l'a acheté il y a un an et s'en sert beaucoup pour son travail : il y enregistre sa documentation, lui confie ses comptes et son planning. Mais on peut aussi s'amuser avec lui. Paul et Pauline ont une quantité de jeux de toutes sortes. Il y en a même quelques-uns pour Benjamin. La grande folie!

Benjamin joue. Je m'approche sans bruit. Il ne joue pas à l'un de ses jeux à lui, au tennis, au foot ou au ping-pong. Il a choisi un jeu d'adulte, celui des chiffres : un vrai casse-tête. Gregory pense secrètement à un chiffre, le joueur doit le trouver en lui en proposant d'autres avec lesquels l'ordinateur fait la différence. Je m'y suis risquée : résultat catastrophique.

Les mains de Benjamin courent sur le clavier : les chiffres se succèdent sur l'écran. Ma parole, il confond piano et cerveau électronique, il va tout détraquer! Je m'apprête à l'arrêter quand Gregory se met à applaudir.

« Tu as gagné, Benjamin, bravo! inscrit-il sur l'écran. Désires-tu faire une autre partie avec moi? »

Ma tête tourne. Je rêve! Il ne peut pas avoir gagné. Il n'a que quatre ans et demi et il ne connaît pas ses chiffres. De l'index, il appuie sur une touche : les mots « oui, je continue », s'inscrivent sur l'écran. « Je pense à un chiffre, répond Gregory. Concentre-toi et prépare-toi à m'interroger. » Benjamin se prépare en fermant trois secondes les yeux puis il lève le doigt, comme un chef d'orchestre sa baguette pour poser la première question.

« Attends », dis-je.

Il se retourne brusquement, me découvre et fond en larmes. C'est un véritable désespoir. Je le prends dans mes bras et le berce pour le calmer. Il a l'air de mourir de peur. Je ne suis pourtant ni le loup-garou, ni la mort. Que se passe-t-il?

« On va le vendre... hoquette-t-il. On va vendre Gregory. »

Je finis par comprendre. Il n'a pas le droit de se servir de l'ordinateur. Paul le lui a interdit et l'a menacé de le vendre s'il désobéissait. Je promets de ne rien dire à personne et il se calme. J'y vais de mon sermon : à son âge, on n'a aucun intérêt à désobéir, les parents vous tombent dessus et comme ils sont les plus forts, ils ont forcément le dernier mot. Il ferait donc mieux de ne pas recommencer. Nouvelle crise de sanglots. Il fixe Gregory d'un air désespéré. Je demande :

« Qui t'a appris à jouer aux chiffres?

– J'ai regardé papa, répond-il entre deux hoquets. C'est pas difficile.

– Montre-moi. »

Il ne peut avoir gagné que par hasard. Ça arrive. Il reprend place sur son siège et ses mains dansent à nouveau. Gregory répond au quart de tour. Les yeux de Benjamin sur les chiffres ont une expression extraordinaire, profonde et lumineuse. Je sens mon cœur battre fort. Il prend à peine le temps de réfléchir. En effet, cela ne semble pas difficile pour lui. Applaudissements de Gregory. « Tu as encore gagné, Benjamin. Veux-tu faire une nouvelle partie avec moi? » Je reste sans voix.

Benjamin descend de son siège et revient prendre place sur mes genoux. Pas la moindre fierté dans son attitude.

« Tu vois, Cil, j'y suis arrivé. Mais quelquefois, je rate. Gregory ne rate jamais et on peut recommencer tant qu'on veut. Tu veux faire une partie avec lui?

– Pas ce soir, merci! »

Je ne lui dis pas que j'en serais incapable, qu'il me suffit de regarder ce cerveau électronique pour sentir un brouillard épais envahir le mien.

« Ecoute, Benjamin. Qui t'a appris à compter? »

Il désigne les touches du clavier :

« Gregory, dit-il, et puis Pappy aussi, et puis Daddy quand il était pas mort du cœur.

– Sept et neuf? »

Il répond au quart de tour. Je pose quelques questions en augmentant la difficulté. Il a l'air de cueillir la réponse sur ses doigts qu'il remue à toute allure. J'arrête. J'ai le vertige.

« Et ta maîtresse, elle sait. Elle t'a vu compter? »

Le revoilà en larmes. Ce coup-là, c'est à Mme Legendre que je ne dois rien dire. L'autre jour, elle l'a grondé parce qu'il troublait la classe en comptant les feuilles du lierre au lieu de colorier comme tout le monde. Elle l'a traité de perroquet qui dit n'importe quoi pour se faire remarquer, et tous les enfants ont ri.

« Elle n'a pas été fière de moi, explique misérablement Benjamin. Pas du tout fière, même. Je lui fais du souci avec ma tête grosse comme une citrouille pleine de vent. »

Je promets de ne rien dire à cette imbécile non plus. Je regarde le clavier. S'il n'y avait que les chiffres! Mais je suis bien obligée de constater qu'il y a les lettres aussi. Je désigne la dernière phrase inscrite par Gregory : « Lis. »

« Bravo, récite Benjamin. Tu as encore gagné. Veux-tu faire une nouvelle partie avec moi? »

A la rigueur, il peut le savoir par cœur. Il y a des enfants qui ont une mémoire de géant. A dix ans, Claire récitait d'un trait les quatre premières pages de l'annuaire à chaque fois qu'on l'accusait de ne pas travailler assez.

Je lui ordonne de ne pas bouger et je vais faire un tour dans sa chambre. Il y a des dessins partout, des montagnes de bandes dessinées, des livres jusque dans son lit. J'en prends un au hasard et je reviens le lui mettre sous le nez.

« Lis ça maintenant. »

Il lit à toute allure : une véritable machine. J'attrape n'importe quel ouvrage sur les étagères de Paul. Je n'ai plus qu'une envie; que ça s'arrête.

« C'est un livre de papa et c'est pas pour les enfants, alors j'ai pas le droit de le lire non plus.

– Moi, je te donne la permission. Vas-y. »

Les mots coulent moins facilement; il suit avec son doigt. « Cette voix du silence, dégagée de l'ascèse extérieure... »

Il s'interrompt :

« Qu'est-ce que c'est, l'ascèse? »

Je promets de lui expliquer plus tard. Cette fois, je suis anéantie. Je le serre dans mes bras pour m'assurer que c'est bien lui.

« Et c'est Gregory aussi qui t'a appris à lire, mon chéri-trésor? »

Il caresse les lettres de l'ordinateur du bout du doigt.

« C'est tout le monde : Daffy-Duck, Speedy-Gonzalès, Yakari-le-serpent... et aussi les cubes quand j'étais petit. Maman les a donnés à Ali, les cubes. Ali est triste parce qu'on l'appelle Baba. »

Il coule hors de mes bras et va chercher une autre cassette qu'il engage dans l'ordinateur. Cette fois, il ne s'agit pas de chiffres mais de mots. Il faut en deviner un, en en proposant d'autres de même famille. J'attends, résignée, les applaudissements de Gregory. Benjamin a l'air heureux; parfois, il rit. Pauline se plaint qu'il n'ait pas d'ami. Elle se trompe. Il en a un : l'ordinateur. Il a un copain qui connaît son nom, qui est toujours prêt à jouer avec lui, qui ne triche pas ni ne se moque de lui, qui le prend au sérieux et l'applaudit quand il réussit.

J'attends qu'il ait terminé sa partie.

« Ecoute, Benjamin, ça, c'est des jeux de grandes personnes. Est-ce que ta maman t'a vu lire et compter? »

Il fait « non » de la tête. Son visage est grave, avec une expression d'adulte. Je l'ai souvent remarquée, cette expression, à *La Marette.* Je me disais : « Il sait », et il m'intimidait.

« Ma maman est bourrée de travail et mon papa aussi, explique-t-il. Il faut les laisser tranquilles et ne pas faire de bruit, sinon on ne verra plus leur nom dans le journal. Moi, j'ai Barbara qui met du ketchup dans ses frites mais qui ne connaît pas encore ma langue. »

Barbara est la jeune fille anglaise qui s'occupe de Benjamin. Elle fait les trajets pour l'école et se charge des repas. Je n'insiste pas. Aucune envie de découvrir qu'il parle aussi l'anglais.

« Alors personne ne sait?

– Avec Pappy, je lis et je compte, reprend Benjamin. Il m'a dit que je méritais 20 sur 10 mais il pense que si mon papa et ma maman le savent, ils me mettront dans une autre école très loin peut-être, et moi je serai triste. »

Grosso-modo lui a dit ça? Il sait et il ne nous en a pas parlé? Et il lui a fait peur? Je suis stupéfaite. Je lui en veux. Je ne comprends plus. Il faut que je réfléchisse.

« Si tu veux bien, on va aller dormir maintenant, dis-je. Je crois que j'ai vu Gregory bâiller. »

Il rit. Cela me fait du bien. Je ne savais plus comment lui parler. Sur mes genoux, il y a à la fois un tout petit garçon et une sorte de savant.

« Est-ce que je peux lui dire bonsoir? »

Je réponds « oui ». Sur l'écran, il inscrit : « Bonne nuit, Gregory ». La réponse vient au quart de tour : « Bonne nuit, Benjamin, dors bien. » Il regarde un moment son ami sans bouger. J'ai le cœur serré : comme lorsqu'on entend certaines musiques très belles, parce que quelque part, au fond de la beauté, on trouve forcément la souffrance.

« Je lui ai aussi appris à me dire « Je t'aime », murmure-t-il.

CHAPITRE 14

LES CERFS-VOLANTS

GROSSO-MODO préparait le printemps. Il avait transporté une partie de son jardin dans sa serre, un peu du nôtre aussi, les plantes fragiles, les arbrisseaux. Entouré de seaux pleins de terre, terreau, sable, cendre, eau de pluie, sur sa « table d'opération », il rempotait, repiquait, greffait, traitait. Cela sentait la vie.

« Tu es venue me donner un coup de main? »

Rami était déjà parti à l'assaut de ses jambes et quand Tavernier s'est baissé pour le caresser, il s'est mis sur le dos, pattes écartées pour présenter un maximum de surface sensible : ce chien n'a aucune pudeur. Je l'ai rappelé à l'ordre.

« Je viens vous parler de Benjamin. »

Je crois qu'il a compris tout de suite. Il s'est redressé et il a lentement retiré ses gants, sans me regarder, sans commentaire et il les a secoués pour faire tomber la terre. J'ai raconté, sans rien omettre, la soirée-Gregory. J'avais ressassé ça toute la nuit et tiré mes conclusions : Benjamin était un surdoué, un de ces enfants dont on parlait parfois à la télévision, qui avaient un cerveau différent des autres. Il deviendrait peut-être un grand savant. Ce que je ne pouvais pas comprendre, c'est que personne ne s'en soit aperçu. Pauline affirmait qu'en classe il ne donnait pas satisfaction, la maîtresse s'en plaignait. Pourtant, je n'avais pas rêvé!

« Tu n'as pas rêvé », a dit Grosso-modo.

Il est allé prendre sa blague à tabac dans la poche de sa canadienne, et il est revenu près de moi. Pour tout, il prenait son temps et c'était aussi pourquoi on se sentait bien avec lui. Rami mettait son nez dans chaque pot, espérant y trouver quelque chose à se mettre sous la dent.

« Il m'avait parlé de Gregory. Grosso-modo, je pensais que c'était un copain à lui. Je ne me doutais pas qu'il s'agissait d'un ordinateur.

– C'est un copain, ai-je dit. Peut-être même le seul qu'il ait, à part vous et moi qui suis sa tante. Alors, vous saviez?

– Depuis l'automne. Tu te souviens? Quand sa mère était en balade... »

Un jour, comme Benjamin construisait sa ville, dans le coin du jardin qu'il lui avait donné, il l'avait entendu compter. Il comptait ses maisons, les fenêtres de ses maisons, mais aussi les arbres, les fleurs, les cailloux des allées, tout ce qui lui tombait sous les yeux. Tavernier avait d'abord pensé qu'il disait les chiffres au hasard mais, vérification faite, les calculs collaient. Ce n'était pas un hasard non plus s'il avait retrouvé dans la poche du gamin la calculatrice de la maison avec ses piles vidées. Un autre jour, pendant qu'il faisait son mot croisé, Benjamin sur les genoux, il l'avait entendu déchiffrer tout bas les mots du journal.

« Je ne sais pas comment t'expliquer. Comme si tout était déjà dans sa tête...

– Et vous ne nous avez rien dit? »

Je lui en voulais. J'avais l'impression qu'il nous avait volés. Il m'a regardée bien en face pour m'indiquer qu'il prenait ses responsabilités.

« J'ai hésité. Ne crois pas que ça a été facile. Grosso-modo, je cherchais ce qui était le meilleur pour lui. »

Il avait observé Benjamin et vu une plante fragile qui poussait trop vite pour ses racines. Si on voulait qu'elle tienne le coup, cette plante, il fallait avant tout la fortifier, pas la tirer comme un élastique jusqu'à ce qu'elle casse.

« Qu'est-ce que tu crois que ses parents feront quand ils s'apercevront qu'à quatre ans il lit et compte comme un enfant de dix?

– Au moins, ils ne l'empêcheront plus de jouer aux jeux qui lui plaisent. Ils arrêteront de le traiter comme un gamin.

– Mais c'est un gamin justement, a-t-il dit. Un gamin de quatre ans qui veut être au régime des autres, rester dans son école et s'y faire des copains. Quand ses parents sauront ce qu'il a dans la tête, ils voudront en faire un savant, ils l'enverront je ne sais où et il n'y résistera pas. »

Il s'est mis à marcher le long de ses outils. Ils étaient alignés contre le mur, en état de fonctionnement tous dents, griffes ou crochets dehors. C'était la première fois que je le voyais en colère. Peut-être contre lui, parce qu'il se sentait coupable de n'avoir rien dit, peut-être contre la vie qui distribue ses faveurs n'importe comment et vous lance tout le temps des défis.

« Tu vois, Cécile, la première chose, dans la vie, c'est tout bête, c'est d'y être. Les deux pieds bien arrimés au sol. C'est comme les cerfs-volants. Il faut qu'il y ait la ficelle; sans elle, ils sont foutus. Une fois que tu es bien planté, que tu as appris à te nourrir de ce qui t'entoure, à sentir, à toucher, à voir, à goûter, alors tu peux monter et te triturer les méninges et te poser toutes les questions. Mais si tu pars sans être tenu d'en bas, tu ne tiens pas le coup.

C'est ce que tu as senti quand tu as donné à Benjamin un arbre pour s'accrocher. »

J'avais éprouvé pour lui le besoin de racines. Mais maintenant, je le revoyais en face de Gregory, tendu en avant, les yeux brillants, s'envolant, oui, s'envolant. On ne pouvait pas arrêter ça.

« Si on l'encourage, ai-je dit, il deviendra peut-être un grand savant.

– Et un grand désespéré? »

Il me regardait sous le nez, avec tout son désir de me convaincre et, en moi aussi, je sentais la colère monter. Benjamin ne lui appartenait pas.

« De toute façon, c'est à ses parents, pas à nous, de décider. Vous n'auriez pas dû lui défendre d'en parler. Maintenant, il a peur. »

Il a baissé les yeux. Je lui avais fait mal. Il aimait vraiment Benjamin. En un sens, c'était son fils, sans doute le seul qu'il aurait jamais.

Il a appuyé ses deux poings sur la table, très serrés.

« Qu'est-ce que font ses parents pour lui, dis-moi?

– Ce sont ses parents. On n'y peut rien. Et ils l'aiment.

– ... En le laissant toute la journée à quelqu'un qui ne dit pas un mot de français? En ne prenant pas le temps de le regarder? Ce n'était pas difficile, crois-moi, de voir qu'il était différent.

– Moi, je n'avais rien vu.

– Toi, jusqu'ici, tu avais autre chose en tête », a-t-il dit.

Il a marché jusqu'à la porte et il a regardé, dehors, le jardin que la nuit envahissait, mais plus lentement, plus légèrement au fur et à mesure que l'hiver passait.

« Un gamin pareil aux autres, c'est déjà difficile à aimer comme il faut, alors un gamin comme ça, c'est presque impossible. Parce que, grosso-modo, tu te mets trop dans l'affaire. Crois-tu que je n'ai pas été fier, moi, quand j'ai découvert qu'il s'instruisait tout seul? Mais en même temps, j'avais peur pour lui. »

C'était ce que j'avais ressenti. A la fois le désir de le crier partout et l'envie de cacher Benjamin dans mes bras.

« Je ne sais pas ce que tu vas décider, mais pense au cerf-volant et essaie d'oublier la fierté. »

Il est revenu près de moi. Il n'avait pas l'air de m'en vouloir. Nous avons regardé ensemble, un moment, ses oignons et ses bulbes, pleins de couleurs imprévisibles, dont certains donneraient des résultats magnifiques et d'autres, on ne saurait jamais pourquoi, des plantes qui ne se développeraient pas.

« Dommage que vous n'en ayez pas parlé à papa. Lui il aurait su quoi faire.

– Est-ce que tu ne crois pas qu'il avait déjà assez de soucis comme ça? »

Mon cœur s'est arrêté. Assez de soucis, oui. Et on savait qui les lui procurait et où ils l'avaient mené.

J'ai attrapé Rami par la peau du cou. Il avait mis sa truffe dans le seau de cendres dont on se sert contre les limaces, et il avait l'air d'un clown. J'ai enfoncé mon visage dans ses poils et je lui ai annoncé qu'on rentrait. Qu'il essaie un peu de traverser le chemin tout seul et il recevrait la volée de sa vie! Il avait très bien compris de quoi il s'agissait et souriait de toutes ses dents.

« Je te raccompagne », a dit Grosso-modo.

La pluie s'était arrêtée. Les arbres s'égouttaient avec des chuchotements. Sous l'éclairage des projecteurs, les feuilles avaient l'air cirées.

« Demain, j'irai par chez vous remuer un peu le

terrain. Tu sais comment ça s'appelle à cette saison? « Donner de l'amour. »

Les pas résonnaient différemment sur le gravier mouillé. J'ai aligné le mien sur le sien. Comme nous passions devant son abri antiatomique, il s'est arrêté. J'ai murmuré : « Ça, inutile de me le dire, je sais... » que c'étaient de grands savants qui avaient découvert le moyen de faire sauter mille fois le sol qui les nourrissait en pain et en joie. La ficelle était-elle donc cassée pour eux?

Cela faisait un moment que, bravant mes interdictions, Rami dépassait ses records de saut en hauteur contre la porte de *La Marette*. Je lui ai crié qu'il ne perdait rien pour attendre. Tavernier s'est mis à rire.

« Il en est encore au stade où il espère faire l'éducation de ses maîtres. C'est comme ça, les chiots. J'ai semé du persil pour lui : le poil d'un prince, ça se soigne. »

Il a passé brièvement la main sur mes cheveux, en un geste que plus personne ne fait depuis que mon père est parti.

« Et pour ton poil à toi, rien ne t'empêchera d'en croquer aussi une branche de temps en temps... »

Nous étions arrivés à la barrière. Il a eu un large geste du bras.

« Dis-moi, Cécile, qu'est-ce qui est aussi important qu'un jardin? »

CHAPITRE 15

DES ENDIVES EN PAPILLOTES

Je suis passée par l'épicerie et j'ai acheté le nécessaire pour mes endives en papillotes. Pendant que les légumes cuisaient avec un croûton de pain rassis pour en boire l'amertume, j'ai mis le couvert sur la table de salon et allumé une bonne flambée.

Une fois la cuisson terminée, j'ai pressuré chaque spécimen, l'ai ceinturé d'une lanière de jambon, noyé le tout sous la béchamel et nappé d'un centimètre de gruyère. Puis au four.

J'ai réglé les éclairages et tapé les coussins. Une qui serait bien étonnée, ma mère! D'habitude, quand elle rentrait, j'étais enfermée dans ma chambre; j'attendais pour descendre qu'elle m'appelle en me disant que le dîner était prêt.

... Je lui demanderais si c'était toujours aussi dur, son travail. Si elle s'habituait à être la plus vieille de sa classe et pas la plus douée, avec réflexes et mémoire rouillés, si elle n'avait pas peur, parfois, de n'être pas à la hauteur.

J'ai préparé le plateau d'apéritif sans oublier olives noires et amandes salées. J'avais envie de commencer pour me donner du courage mais c'est comme ça qu'on devient alcoolique, en buvant par nécessité intérieure et non pour faire la fête avec les copains.

... Je lui parlerais aussi de Benjamin. Ne le trouvait-elle pas plus intelligent que les autres? Etait-il, à son avis, particulièrement fragile? Est-ce que le fait d'être exceptionnel, c'est-à-dire différent, vous retirait des chances de bonheur?

Rami a senti arriver sa maîtresse avant moi et il s'est mis à hurler de joie. J'ai entendu claquer la porte de la grille. Je regrettais déjà. J'aurais voulu courir me cacher dans ma chambre mais c'était trop tard : elle est entrée.

En voyant toutes ces lumières, elle avait pensé que nous avions un invité. Je lui ai annoncé que c'était elle, mon invitée, pour une fois. Interdiction de bouger, je ferais tout. Elle a regardé le couvert devant le feu et a eu un sourire : une bonne idée de dîner là. Cela changerait.

Je l'ai autorisée à monter se mettre à l'aise et pendant ce temps je lui ai versé un peu de cassis et un doigt de vin blanc. Je connaissais les proportions au millimètre près. Ce n'était pas pour rien que mon père m'avait nommée grand sommelier du lieu-dit *La Marette.* C'était toujours moi qui dosais son whisky : beaucoup de glace, le plein d'eau et juste une larme de poison... Je demanderais à ma mère s'il lui manquait toujours autant, si le matin, au réveil, il lui fallait comme au début refaire tout le trajet parce qu'elle avait, dans son sommeil et dans ses rêves, effacé sa mort et devait l'apprendre à nouveau. Si brillaient, malgré tout, dans sa journée, ces petites flammes de joie dont elle nous rebattait les oreilles quand il était là parce qu'elle n'avait qu'à les tirer du soleil dans lequel elle vivait.

Elle avait mis un pantalon, une chemise ample et s'était démaquillée. Si j'avais tant de mal à la reconnaître, c'était peut-être parce que maintenant je la voyais. Du temps de papa, elle était ma mère, un point c'est tout, et une mère se regarde pour soi. Puis je l'avais vue se transformer en femme seule, et ce soir, avec ma stupide idée, elle était mon invitée. Je lui ai tendu son verre et offert des olives. Elle m'a dit merci. Nous avons commencé à siroter en silence et quand le téléphone a sonné – Claire – j'ai été soulagée, et elle aussi sûrement.

Elles ont parlé longtemps; puis cela a été au tour d'Antoine. Il s'occupait de toutes les questions matérielles. L'Etat ne fait pas de quartier. Il veut sa part d'héritage et de peur qu'on la lui vole, il bloque tout; la veuve est bombardée de papiers qui tous parlent gros sous. Ce serait le moment, quand ils auraient fini, de lui demander pourquoi papa avait décidé de faire un testament. S'était-il senti soudain fatigué? Lui avait-il dit quelque chose? Et pourquoi juste après la mort de Tanguy? Je regarderais bien son visage quand elle me répondrait. En attendant, j'avais froid et je suis montée rajouter un pull.

Elle l'a remarqué en revenant vers moi après avoir raccroché. C'était la première fois que j'osais le mettre : un de ceux de Charles, encore imprégné de son odeur. On ne pouvait y échapper avec le col roulé. Elle m'a regardée comme si elle demandait : « Pourquoi? »... Mais parce que je voulais lui dire que mon père portait ce pull dans le Jura et que là-bas, dans la forêt de la Joux, devant le plus haut des sapins, j'avais eu comme une prémonition : il m'avait semblé voir ce géant tomber, entraînant un pan de ma vie et j'avais eu très froid soudain. Elle a tendu le doigt et l'a touché. Cela commençait à sentir sérieusement du côté des endives. J'ai foncé.

Elles étaient presque à point. Encore quelques minutes. J'en ai profité pour me passer le visage à l'eau. Quand j'étais petite, je croyais sincèrement que cela rafraîchissait les idées.

Ma mère a trouvé mon plat parfait. J'ai expliqué pour le croûton qui boit l'amertume du légume. On peut aussi mettre du citron si on en a un sous la main. Rami était très excité par le jambon. Nous avons bavardé avec lui pendant tout le dîner.

Au dessert, ma mère m'a demandé comment j'allais, moi. L'hôpital? Le moral? Elle aurait souhaité que je sorte plus souvent; elle avait un tout petit peu l'impression que je me cloîtrais, non?

C'était le moment de lui dire que ça n'allait pas du tout, que je ne savais plus où j'en étais, comme pleine de poison, moi que l'on s'efforçait d'appeler autrement. Que si je ne l'embrassais plus depuis la mort de mon père, c'est que cela aurait été comme lui demander pardon, donc reconnaître et je ne pouvais pas. Si elle pensait que j'étais pour quelque chose dans ce qui s'était passé, autant me le dire tout de suite. Je ne lui en voudrais pas de ne plus pouvoir supporter ma vue. Moi non plus je ne la supportais pas, surtout quand je me lisais dans ses yeux. J'étais même prête à partir à condition de pouvoir revenir le dimanche comme mes sœurs.

Elle attendait ma réponse. J'ai dit que ça pouvait aller. C'était juste un peu dur pour moi aussi, tous ces changements. Il fallait reconnaître que le docteur Moreau tenait une sacrée place dans la maison, mine de rien, avec ses sourires, ses regards de tendresse, son dos foutu et ces gestes habitués vers sa pipe, son journal ou la joue d'une de nous, en homme qui s'imagine qu'il a la vie devant lui. Mais tout cela, je l'ai dit dans le col roulé qui remonte jusqu'au nez et ma mère ne m'a pas entendue.

Il était huit heures trente du soir, l'heure du film à la télévision. J'ai proposé que nous le regardions ensemble et elle a trouvé cela une idée excellente.

Autrefois, quand nous étions tous les six à la maison, nous organisions parfois des dîners-télé. On se mettait d'accord sur un super bon film et on tirait au sort la sacrifiée du téléphone. Maman achetait des moules farcies, des avocats ou des cœurs de palmier, par exemple : du dépaysant. Il y en avait toujours une pour parler ou pour rire au moment où le recueillement s'imposait. Bernadette sifflait les scènes d'amour auxquelles Claire se pâmait. Pauline n'aimait que les grands baraqués dans l'épaule desquels elle pourrait disparaître. Moi, j'avais, paraît-il, un faible pour les mauvais auxquels j'accordais systématiquement les circonstances atténuantes. Papa s'arrachait les cheveux à l'idée d'avoir les filles les plus stupides du monde mais la plupart du temps, avant le dénouement, il était endormi et sur l'écran les villes pouvaient bien s'écrouler, les sirènes hurler, les plus belles scènes d'amour dérouler leurs lilas et leurs roses, un sourire sur les lèvres, la tête renversée, il accomplissait son propre voyage.

Nous interdisions à maman de le réveiller. Nous baissions le son. A ces moments-là, il était un peu notre fils et nous ignorions qu'on devient adulte comme un jour on devient orphelin.

CHAPITRE 16

LE MEILLEUR DE SOI-MÊME

« Moi aussi, dit Emmanuel, j'ai vécu près d'un enfant « différent ». Parfois, il me regardait fixement, d'un regard qui demandait « pourquoi », et je n'avais pas de réponse à lui donner. C'était mon frère.

– Il était surdoué?

– Il était ce qu'on appelle aujourd'hui un « handicapé mental moyen ». Juste assez d'intelligence ou de jugeote pour comprendre qu'il ne pouvait pas faire ce que faisaient les autres. »

Il regarde au loin. Il regarde l'injustice. Nous sommes presque les seuls à La Taverne. L'heure du thé est passée, et ce n'est pas encore celle du dîner. Il a pris un grog, moi, une citronnade chaude. Il s'est étonné : « Pas de pastis, aujourd'hui? » Et quand j'ai avoué que je détestais ce machin jaunâtre et écœurant, que je l'avais commandé l'autre soir uniquement par habitude, il a éclaté de rire.

« Partout où j'allais, reprend-il, je traînais Hugues avec moi. Je voulais qu'il fasse le plus de choses possible « comme les autres ». J'avais divisé les gens en deux catégories : les aveugles et les voyeurs. Ceux qui l'ignoraient afin de ne pas nous faire de peine et ceux qui le fixaient comme une bête curieuse.

– Que vouliez-vous qu'ils fassent?

– Qu'ils le regardent tel qu'il était : un enfant malheureux, malchanceux. Une fois, dans le train, une femme m'a demandé : « Est-ce que c'est très « dur pour lui? » Je l'aurais embrassée.

– Est-ce que ce sera très dur pour Benjamin? »

Son regard revient sur moi, sombre, avec une petite flamme. Depuis qu'il m'a parlé de son frère, il me semble que je le connais mieux. Je l'ai appelé hier. Je lui ai dit que je devais le voir d'urgence, pour une affaire ne nous concernant pas, concernant un enfant que j'aimais et qui se trouvait en difficulté. Il m'a seulement répondu : « Quand? » Aujourd'hui!

« C'est toujours dur d'être différent. Les gens n'aiment pas ça. On est seul. Ne vous attendez pas à ce que Benjamin provoque l'admiration. Dites-vous qu'il agacera, qu'il gênera et suscitera la jalousie, donc la méchanceté. Voyez son institutrice. Elle doit bien avoir senti qu'il en savait plus que les autres et elle l'écarte; elle se moque de lui.

– Alors Grosso-modo a raison? Il ne faut rien dire? »

Le nom « Grosso-modo », le fait sourire. A *La Marette,* on est tellement habitués qu'on n'y pense même plus.

« Imaginez que Benjamin, au lieu de savoir lire et compter à quatre ans, se soit assis devant un piano et vous ait joué superbement une valse de Chopin. Auriez-vous fermé le piano? Est-ce que vous l'empêcheriez de progresser sous prétexte qu'il n'a pas l'âge d'être aussi doué? Ou que l'art peut mener à la souffrance?

– Je chercherais le meilleur professeur, dis-je, et je l'aiderais à devenir un grand virtuose.

– Et vous auriez raison. Chacun doit pouvoir donner le meilleur de lui-même. Le handicapé comme le surdoué. »

« Le meilleur de soi-même... » Soudain, je respire mieux, plus largement. On a tous, quelque part, un meilleur à exploiter.

« Alors je dis tout à ses parents?

– Certainement. Et ils pourront consulter un spécialiste; il y a des gens qui s'intéressent à ce genre d'enfant. Benjamin n'est pas le seul dans son cas. »

Une famille vient d'entrer : père, mère et deux gamins. La mère aide le plus jeune à retirer son anorak. Ils prennent possession d'une table un peu comme on part en voyage. Qu'est-ce qu'ils sont venus fêter ici, la vie?

« Et Cécile Moreau, demande Emmanuel. Où en est-elle? »

Cécile Moreau répond que ses études l'intéressent. Les moments qu'elle préfère sont ceux où elle est auprès des malades, même si son rôle se borne, pour l'instant, à retaper les lits et passer le thermomètre. Au moins, elle sert. J'aime ce mot « servir ». Il peut être grand. Mon père disait parfois « servir sa patrie »; je voyais de la terre et du sang mais c'était beau quand même. Il y a huit jours, une jeune fille est arrivée à la suite d'un accident de moto. Elle est dans le coma. On la sent comme prisonnière d'elle-même. Il faut rétablir le courant, lui parler le plus possible, lui ordonner de s'éveiller. J'appelle : « Marie... Marie... » Il arrive que des ondes fassent frémir son visage. Parfois, il me semble que je suis à sa place. C'est moi, de l'autre côté d'un mur invisible. J'appelle et on ne m'entend pas.

« Cécile, qu'est-ce qu'il se passe? »

A nouveau, ce vertige, cette envie tellement douloureuse de repartir en arrière, d'avoir vécu un mauvais rêve, c'est tout, d'être une fille insouciante et légère dans un hôtel, au bord d'un lac. Pourquoi, à chaque fois que je me retrouve avec Emmanuel est-ce la même chose? D'abord, ça va. Je me sens bien. Puis tout craque. Est-ce parce qu'aux côtés d'un frère, prisonnier lui aussi d'un mur invisible, il a appris à lire ce qu'on ne peut exprimer?

Il prend mon poignet et son regard insiste.

« Laissez-moi vous aider. »

Je murmure : « Je n'ai pas besoin d'aide. » Et j'ajoute, c'est stupide : « Pourquoi vous intéressez-vous à moi? »

Il se redresse et sourit : « Parce que vous êtes un brave et généreux petit soldat. »

En moi, une sorte de déception. Qu'est-ce que j'attendais? « Parce que vous êtes jolie? » « Parce que vous me plaisez? » Ça, c'est ce qu'on aurait dit à mes sœurs. Je lui fais pitié, c'est ça. Il se croit encore là-bas, dans son Afrique en guerre. Il ramasse les blessés.

Je me lève. « Il faut que je rentre. On m'attend. »

Nous marchons côte à côte dans la rue. J'ai une impression de vide, d'échec. Pourtant, il m'a dit les mots que j'attendais pour Benjamin. Je vais pouvoir être fière de lui. Mais était-ce seulement pour Benjamin que je voulais le revoir?

Nous sommes arrivés à ma mobylette. Je mets mon casque et j'enfourche l'engin. Je roulerai très vite, je ne penserai plus à rien. Moteur!

« Halte-là », dit-il.

Il a pris le guidon à deux mains et s'est placé devant.

« N'espérez pas vous en tirer comme ça. Je n'en ai pas terminé avec vous. Sachez que Cécile Moreau a un sacré besoin de se réconcilier avec quelqu'un. »

Mon cœur bondit. Ma mère?

« Et avec qui? »

Il ne répond pas tout de suite. J'ai baissé la visière de mon casque.

« Avec toi, murmure-t-il, avec toi, ma chérie. Et j'ai bien l'intention de t'y aider. »

CHAPITRE 17

« MA CHÉRIE »

« Ma chérie »... Qu'est-ce que cela signifiait? Appelait-on « ma chérie » un brave petit soldat? Et cette marée en moi, ce coup de boutoir dans ma poitrine, à la fois cette chaleur et cette peur, cette peur surtout, pourquoi?

Parce qu'il y avait erreur! Ces mots étaient adressés à une fille qui n'existait pas. Je l'avais trompé depuis le début. Brave? J'étais tout le contraire, cachée au fond d'un trou comme dans mes rêves lorsque la guerre éclate et que je me bouche les oreilles et les yeux en attendant que tout explose. Généreuse? Je ramenais tout à moi : Benjamin, Marie, même son frère. A travers eux, c'était moi que je regardais.

« Ma chérie »... et après? On passait à quoi? Il me prenait dans ses bras? Il m'embrassait? Le « non » s'est noué dans mon ventre. Là encore, erreur sur la personne. Je lui avais raconté que j'avais fait l'amour avec Tanguy, que c'était formidable. Il ne pouvait pas se douter qu'il s'adressait à l'unique fille de dix-huit ans intacte dans le secteur et la seule à cent lieues à la ronde à n'avoir jamais embrassé un garçon vraiment, profondément. Il ne pouvait pas savoir que j'étais bloquée, cœur et corps.

Je ne l'aimais pas. Si je l'avais aimé, je n'aurais pas eu si peur, de ce qu'il avait dit, de le revoir. D'après Mélodie, l'amour dénouait tout. On glissait tout naturellement de la crispation au grand « oui », de l'effroi à l'extase. Je n'avais pas aimé réellement Tanguy : lui, de près, c'était le dégoût. Je n'aimerais jamais. La passion, ce n'était pas pour moi. Question de nature. Autant l'accepter.

Une voiture toute délabrée était garée devant *La Marette* : celle de Jean-René. Je ne l'avais pas revu depuis papa. Certains, la mort les jette à l'église, pas moi. Au contraire. Moi, je trouve la vie trop fatigante pour avoir envie, même sous une forme ailée, de rempiler là-haut. Cela ne me fait pas peur de partir pour de bon; le courage, c'est de rester là quand ceux que vous aimez vous faussent compagnie les uns après les autres.

Je suis rentrée sans faire de bruit et je suis montée directement dans ma chambre. Le miroir ne me disait rien de neuf. Je n'étais pas, sous l'effet magique de deux mots, devenue l'une de ces filles qu'on voyait dans les magazines ou à la télé, auxquelles on offrait des voitures, des bijoux, des voyages autour du monde et des soutiens-gorge en satin. A part mes yeux admirables, rougis par le vent, et ma bouche émouvante, aux lèvres gercées, rien de changé. La réconciliation n'était pas pour aujourd'hui, parce que les premières brouilles, c'est souvent avec son miroir qu'on les a et que se réconcilier avec soi, même avec un grand S, cela veut dire déjà se réconcilier avec un visage, des hanches ou je ne sais quoi. Son « ma chérie », finalement, il ne pouvait l'avoir dit qu'en frère, en copain, en camarade de régiment du « brave petit soldat », par erreur ou par pitié.

Maman et Jean-René étaient en grande conversation. Sur son pull gris, Jean-René portait bien en vue son badge-croix. Il disait que c'était un radar à S.O.S., qu'en le voyant, des gens en difficulté venaient se confier à lui. Dommage que pour Tanguy le courant n'ait pas fonctionné.

Il s'est levé et il m'a embrassée avec son sourire lumineux. « Où avais-je disparu? On ne me voyait plus. » « On »? Le grand Christ en croix de l'église et lui?

Je n'avais pas le cœur de lui dire que, pour l'instant, le fil était rompu de cette force qui, autrefois, me tirait en avant et s'appelait « Dieu » pour lui. J'ai raconté que mes études me prenaient beaucoup.

Nous nous sommes assis sur le canapé et il a commencé à parler de ce qui tire les cerfs-volants toujours plus haut : l'espoir, la foi, l'idéal. Moi, j'entendais Grosso-modo : « D'abord être là, sentir, voir, éprouver. » J'entendais la voix d'Emmanuel : « Ma chérie. » Je sentais cette partie secrète de moi avec laquelle il faudrait bien, un jour, accepter d'être là aussi puisqu'elle était la vie. Cela ne se faisait pas de penser à ces choses devant un prêtre mais j'avais beau me fermer les oreilles et le souvenir, il y avait ces deux mots plantés quelque part en moi, entre cœur et ventre, et qui parfois gonflaient à me faire éclater la poitrine.

« Tiens! La voilà quand même qui sourit, a remarqué Jean-René. Je commençais à désespérer! »

C'est que je venais de me souvenir que le nom : « Emmanuel » signifiait « Dieu avec nous » comme si, en quelque sorte, « On » m'avait rattrapée au tournant.

CHAPITRE 18

OPÉRATION : PONEYS

TERRORISÉ, Benjamin, à l'idée qu'à cause de moi, il pourrait perdre son meilleur ami, Gregory. De la table des petits, il me jette des regards éperdus. La « table des petits »... Qu'est-ce qu'il fait, mon compteur génial, entre Mono, Zygote et ce brave Gabriel qui perd la tête dès qu'il s'agit d'aller au-delà de ses dix doigts. En attendant, sa science n'empêche pas le génie en herbe d'oublier l'usage de sa serviette et d'engouffrer comme un cochon.

Terrorisée, Bernadette, qui s'apprête à annoncer la grande nouvelle aux Saint-Aimond : elle a décidé de transformer leur royale demeure en manège et de mettre tout le monde au travail, à commencer par son beau-père destiné aux fourneaux puisqu'il se targue d'aimer cuisiner. Et s'ils disaient non? Si ça ne leur plaisait pas du tout de voir Mandreville envahi par le tout-venant?

Terrorisé, Hervé de Saint-Aimond, par le choix qu'il a fait de tout abandonner pour un château qui se lézarde mais où son cœur est prisonnier. Le déménagement est prévu pour Pâques, paraît-il. Même pas un mois!

Sombres, les deux femmes : maman d'être sans

mari, Mme de Saint-Aimond de voir le sien au bord de la dépression.

Soucieux, Stéphane qui observe Bernadette, inhabituellement privée d'appétit et se demande ce que ça lui réserve.

Mal à l'aise, le reste de l'assistance qui, sensible à l'atmosphère, n'a guère fait honneur au gigot-flageolets, pas plus qu'au saint-honoré offert par nos invités.

Tout le monde est soulagé lorsqu'on quitte la table. La jeune troupe est expédiée dans la chambre de Claire où on a déployé le vieux théâtre de marionnettes retrouvé au grenier. Gabriel, qui s'est réservé Guignol, monte à toute allure, suivi par Benjamin-le-gendarme et deux jumelles-chaperons-rouges. Le loup est généralement choisi parmi les adultes. Le café est servi devant la cheminée. Les hommes discutent politique, maman parle de sa future installation à Mme de Saint-Aimond. Bernadette prend place auprès de son beau-père. Elle me jette un coup d'œil éperdu; j'incline la tête. C'est parti!

« J'ai une proposition à vous faire! »

Elle l'a dit d'un tel ton, si rauque, si brusque, que les conversations s'interrompent. Hervé de Saint-Aimond regarde, perplexe, le carnet qu'elle serre dans sa main.

« Je t'écoute?

– Votre grand pré, à Mandreville, commence-t-elle, celui qui descend jusqu'à la rivière, est-ce que vous comptez l'utiliser spécialement, pour des plantations par exemple?

– Je n'y ai pas songé, dit Hervé de Saint-Aimond surpris. Les plantations, tu sais, ce n'est guère mon fort. Quoiqu'on puisse se mettre à tout! »

Cette dernière phrase vigoureusement approuvée, Bernadette poursuit :

« Et la grange désaffectée, à côté du pré, je suppose que vous n'avez pas l'intention de l'utiliser non plus?

– Je me demande bien ce que j'en ferais, dit Saint-Aimond de plus en plus étonné. J'ai assez de murs comme ça à relever, tu ne crois pas? Et cela doit faire environ cent ans que cette grange n'a pas servi.

– Comme le chenil...

– Le chenil, ça ferait plutôt deux cents ans. Du temps où l'on chassait à courre à Mandreville, ce qui n'est pas dans les projets immédiats. »

Bernadette s'interrompt quelques secondes, les mains sur son carnet, comme si elle priait. Tous les regards sont fixés sur elle, chacun se demandant où elle veut en venir. On n'entend que les craquements du feu et les galopades de Guignol, là-haut.

« Alors, si vous êtes d'accord, dit-elle, on monte un manège de poneys. »

Stéphane a sursauté et même Paul qui fait profession de ne jamais s'étonner de rien, change un peu de visage. Mme de Saint-Aimond regarde son mari. Après une seconde de stupéfaction, celui-ci part d'un grand rire. Côté Moreau, c'est plutôt l'inquiétude : nous connaissons Bernadette.

« Un manège de poneys? Mais... pour quoi faire?

– Pour initier des gamins à l'équitation, s'enflamme Bernadette, pour gagner plein de fric, pour nous occuper, pour VIVRE... »

Les yeux de maman! Qu'elle me regarde une fois comme ça, une seule, et je m'envole. J'ai l'impression que Pauline et Claire se retiennent d'applaudir. Nous venons de retrouver notre sœur.

« Ce n'est pas quelque chose qui se décide comme ça, intervient Mme de Saint-Aimond qui semble avoir compris que Bernadette parlait sérieusement. C'est toute une étude...

– Elle est faite! » dit la Cavalière.

Elle se lève et brandit le carnet :

« Tout est là!

– Tout? Mais ma petite fille, reprend M. de Saint-Aimond, vous semblez avoir oublié qu'une telle opération demande une grosse mise de fonds!

– Pas de problème pour le fric, triomphe Bernadette. On est même plutôt au large, je vous expliquerai. Tout ce qu'il nous faut pour commencer c'est le pré, la vieille grange et le chenil. »

Voilà un moment que Stéphane semble bouillir. Il se décide et sa voix est pleine de colère :

« Et toi, si je comprends bien, tu t'installes à Mandreville!

– Pourquoi pas? dit Bernadette. Dans ta famille, pendant des siècles, les femmes y ont vécu. Je suis pour les traditions. »

Sans se soucier davantage de son mari, elle se tourne à nouveau vers le maître du château :

« Alors, c'est d'accord?

– Mais enfin, dit-il. Comment veux-tu que je te réponde avant d'avoir les éléments en main?

– Que personne ne bouge », ordonne-t-elle.

Elle quitte le salon dont elle referme la porte. J'ai cru, à un moment, qu'elle allait tourner la clef pour nous empêcher de sortir. Il y a un silence gigantesque. Personne n'ose parler. Maman a l'air à la fois fière et gênée. Au moment où l'atmosphère devient franchement irrespirable, la porte s'ouvre à nouveau et Crève-cœur apparaît.

Il est vêtu de noir, des bottes à la cravate, comme à Saumur. Il a coupé ras ses cheveux et se tient droit comme un I. Il est tellement impressionnant, si beau, que tout le monde se lève.

« Le commandant de Montorgel », annonce Bernadette.

Elle désigne ses beaux-parents :

« Comte et comtesse de Saint-Aimond. »

Sans un sourire, Crève-cœur baise la main des femmes, écrase les doigts des hommes. Il refuse le café. Il écarte d'un geste dédaigneux l'alcool de prune maison. Debout devant la cheminée, d'une voix nette, il expose le plan de bataille sans quitter du regard celui dont dépend la décision.

C'est un déluge de chiffres, dates, prévisions; ils ont tout calculé autour de vingt poneys. Rien n'a été laissé au hasard : remise en état des bâtiments, nourriture, entretien, dressage, multiples formalités, papiers, impôts. Lorsqu'il a terminé, il se tourne vers Bernadette qui, d'une voix frémissante, annonce que nous investissons toutes les deux dans l'affaire l'argent de papa. La somme est doublée par le commandant de Montorgel. L'opération est au point pour être lancée à Pâques.

Le silence s'abat. Personne n'ose le rompre comme si le moindre mot risquait de prendre une importance démesurée. Enfin, M. de Saint-Aimond se décide. Il se tourne vers maman.

« Je reprendrais bien un peu de café », dit-il.

Maman se précipite pour le resservir et Antoine va en remettre une fournée en route, tout le monde en voulant. Pourtant, ce serait plutôt un calmant qu'il faudrait à en juger par la tension. Crève-cœur accepte un grand verre d'eau. Les yeux sur son beau-père, Bernadette attend toujours.

« Votre exposé m'a semblé très complet, dit enfin M. de Saint-Aimond, et votre idée est originale. Mais vous comprendrez, j'espère, qu'on ne prend pas ce genre de décision sans réfléchir.

– Les meilleures décisions, dit Bernadette d'une

voix frémissante, sont celles qu'on prend d'instinct, de ventre, de cœur, de tripes.

– Et aussi celles que l'on prend à plusieurs, dit Stéphane d'une voix blanche, en se concertant, surtout lorsqu'elles engagent toute la famille. »

Bernadette se tourne vers lui. Son visage est dur.

« Lorsque tu as décidé de vivre en ville, est-ce que tu m'as consultée? »

Il ne répond pas. Elle est prête à s'installer n'importe où à condition qu'il y ait quelques mètres de terrain. Elle disait qu'après *La Marette,* elle ne pourrait plus respirer entre quatre murs.

Mme de Saint-Aimond regarde son fils, puis Bernadette, debout près de Crève-cœur.

« Et si ça ne marchait pas? interroge-t-elle. Si vous manquiez d'amateurs? Avec la mer si près, il y a tant d'autres distractions! Y avez-vous pensé? »

Les yeux de Bernadette s'emplissent de stupéfaction. Non, elle n'avait pas pensé une seule seconde que cela pouvait échouer. Elle a tout envisagé, sauf ça. Elle regarde Crève-cœur, nous tous.

« Et la confiance? demande-t-elle d'une voix sourde. Et l'enthousiasme? Et Mandreville? »

Son regard se tourne à nouveau vers son beau-père. « Combien de fois, interroge-t-elle, Mandreville a-t-il brûlé au cours des siècles? Combien de fois a-t-il été pillé et envahi? La dernière, par les Allemands qui voulaient faire sauter le château et la résistance les en a empêchés juste à temps. Et à chaque fois, la famille reconstruisait. Et aujourd'hui, il est là, l'honneur de la région. »

Maintenant, elle s'adresse à tout le monde et la voilà qui parle cathédrales. Lorsqu'on entamait la construction d'une église, était-on jamais certains de la terminer? On y mettait parfois des siècles mais la confiance, la foi vous poussaient aux reins et au cœur. Mais c'est fini, terminé! Terminés les châteaux et les cathédrales, plus de grands projets, des comptes à la petite semaine. Et on appelle ça « vivre »...

« Ça marchera, conclut-elle, parce que nous le voudrons tous. »

Elle a regardé Hervé de Saint-Aimond qui a baissé les yeux. Elle s'est tournée vers Crève-cœur comme si elle l'appelait au secours, et elle a répété « Ça marchera »; mais Crève-cœur n'a pas répondu. J'avais cru que c'était seulement pour elle qu'elle voulait monter l'affaire, j'ai compris que c'était aussi pour eux. Son projet était de sauver tout le monde : elle et Stéphane, son beau-père dévoré par la dépression, Crève-cœur qui desséchait dans son grenier. Mais on n'a pas toujours envie d'être sauvé.

Stéphane est sorti en claquant la porte. Pour lui, c'était « non ».

« Vous aurez ma réponse avant Pâques », a dit M. de Saint-Aimond.

CHAPITRE 19

QUESTION DE CONFIANCE

« Moi, dit Pauline, je crois que papa aurait été d'accord. Après tout, il ne nous a pas donné ce fric pour qu'on le laisse dormir à la banque.

– Ta part sera la bienvenue, dis-je. Ça nous fera quelques poneys de plus, merci d'avance! »

Aucune réaction favorable : apparemment, ma sœur a d'autres projets.

« Quand même, elle aurait pu en parler à Stéphane avant, fait remarquer maman. On ne met pas comme ça son mari devant le fait accompli.

– On dirait que le dialogue n'y est plus, constate Pauline.

– Et après ça, on voudrait que je me marie! »

Paul m'adresse un clin d'œil : « Pauvre de lui! J'ose à peine y penser... »

Les Démogée sont restés dîner tous les trois. Le reste a regagné ses pénates, chacun lesté d'un peu de gigot et d'une part de saint-honoré. Nous avons l'honneur de garder Benjamin toute la semaine, ses parents s'offrant huit jours de sports d'hiver. Quand Grosso-modo a appris qu'il allait retrouver son architecte en herbe, il a failli s'étouffer de joie.

« Mais son idée de manège, qu'est-ce que vous en pensez?

– Formidable », s'exclament maman et Pauline d'une même voix.

Paul sourit : « Si les femmes sont d'accord... Moi, quand elle a parlé des cathédrales, j'ai apprécié. Pour la confiance aussi... »

Benjamin regarde son père; il lève le doigt :

« La maîtresse me fait pas confiance pour essuyer le tableau, nous apprend-il d'un air préoccupé. C'est toujours Astruc qui essuie; pourtant, Astruc a volé la craie bleue. On a retrouvé les miettes dans sa poche.

– Et pourquoi donc elle ne te fait pas confiance, mon pauvre lapin? interroge Paul.

– Parce que je suis dans les nuages, constate Benjamin. Et si on me laisse mettre mon anorak tout seul, j'y serai encore dimanche, elle l'a dit à Mme la directrice. »

Pauline rit. Elle ébouriffe les cheveux de son fils :

« Moi aussi, quand j'étais petite, j'étais dans les nuages. Et comme toi, je jouais avec mes petits pois; je leur donnais même des noms. »

La fourchette en suspens, Benjamin regarde son assiette. Il a fait des tas. Plusieurs de dix chacun. Soudain, mon cœur bat. C'est le moment de dévoiler ses dons : les intéressés sont présents, l'ambiance est favorable, allons-y!

« A quoi tu joues là, mon chéri? Qu'est-ce que tu as fait avec tes petits pois? »

Il lève son visage vers moi et j'y retrouve l'expression lumineuse de l'autre jour.

« C'est pas des pois, c'est des billes. Il y a un tas pour Astruc, un pour Emmery, un pour Romain, les autres on verra ça plus tard.

– Et combien de billes il y a dans chaque tas?

– Tu ferais mieux de le laisser manger, proteste Pauline.

– Allez, raoust! Tout le monde a fini sauf toi », dit Paul.

Benjamin regarde son assiette, puis ses parents, et maman aussi, qui lui sourit. Son regard revient vers moi et, sans me lâcher des yeux, de sa fourchette, il mélange tout. Il tourne, tourne. Des petits pois s'échappent.

« Ne fais pas l'idiot, dit Paul sèchement. Tu n'intéresses personne. »

J'ai envie de me lever et de tout dire. Mais le regard de Benjamin me l'interdit. Et puis, me croiraient-ils? Il faudrait parler de Gregory, et j'ai promis.

D'ailleurs, ils sont déjà loin! Ils parlent ski. C'est, paraît-il, le meilleur moment pour partir, pistes libres, soleil. La jambe de Paul ne le gêne pas trop, merci. Il a un équipement spécial et il y va doucement. L'assiette de Benjamin est vide, toutes les preuves sont dans son estomac. Je leur en veux. Ils ne s'intéressent pas vraiment à lui. Peut-être savent-ils très bien, tous les deux, décrire les sentiments dans leurs livres ou leurs articles mais les vivre, c'est autre chose. Ils ne méritent pas leur enfant. Grosso-modo a raison. Si on ne prend pas le temps de regarder, est-ce aimer?

Je ne leur parlerai que preuves à l'appui. Je les obligerai à me croire, à le voir et faire pour lui ce qu'il faudra.

J'ai mon idée!

CHAPITRE 20

UN ENFANT À SECOURIR

C'ÉTAIT un bel immeuble ancien dans une avenue large, bordée de marronniers. Des enfants se poursuivaient sur le trottoir et leurs cris résonnaient autrement : ils disaient l'approche du printemps. On la sentait aussi aux parfums différents, comme un dialogue timide entre les arbres, le sol et le ciel.

Nous sommes entrés dans le grand hall. Près de la porte de la loge, une liste de noms était affichée. J'ai montré à Benjamin celui de Nicolas Chalain. Il y avait marqué « Professeur », devant. Je lui avais expliqué que nous allions voir quelqu'un, un peu comme sa maîtresse mais en plus gentil. Il s'intéressait aux enfants et ferait peut-être des jeux avec lui. Ce serait amusant.

Il commençait malgré tout à être très inquiet et l'ascenseur est venu à point pour lui changer les idées. Je l'ai soulevé dans mes bras afin qu'il atteigne le quatrième bouton. Je me disais : « Quand tu prendras cet ascenseur pour redescendre, tu seras fixée », et cela m'a donné le courage nécessaire pour sonner.

Une femme m'a ouvert : environ l'âge de maman. L'âge de toutes ces femmes dans la rue, le métro, l'autobus, partout et de temps en temps vous avez l'impression qu'il n'y a que ça. J'ai demandé à voir le professeur et elle a eu l'air stupéfaite. Il ne recevait jamais le mardi. J'avais dû me tromper de rendez-vous.

Je n'avais pas rendez-vous. Je le lui ai dit. Quand j'avais appelé, on m'avait répondu qu'il fallait attendre trois mois et je ne pouvais pas. J'avais besoin d'être fixée avant.

Je parlais très calmement pour ne pas inquiéter davantage Benjamin. Il avait compris qu'on ne voulait pas de nous et tirait ma main pour repartir.

« Mais le professeur ne pourra pas vous recevoir, mademoiselle, a-t-elle dit. Il est en conférence.

– Je ne lui prendrai pas beaucoup de temps, ai-je insisté. C'est juste pour un renseignement. On est venus de très loin exprès. »

Elle a regardé Benjamin qui fermait fort les yeux comme à chaque fois qu'il a peur, puis moi qui, au contraire, essayais de la convaincre par mon regard. A *La Marette,* même le dimanche, les gens venaient voir mon père sans rendez-vous. Maman essayait de le défendre mais en général il cédait parce qu'en choisissant ce métier il avait aussi choisi de ne plus s'appartenir tout à fait.

« Je vais voir, a-t-elle dit. Mais je ne vous promets rien. »

Elle a pris mon nom puis elle nous a laissés dans le salon d'attente. Une autre porte y donnait, sans doute celle du bureau de Nicolas Chalain. On entendait des voix de l'autre côté. Benjamin s'est serré contre moi.

« Est-ce qu'on va me faire une piqûre? » a-t-il demandé pour la centième fois.

Je lui ai ordonné d'ouvrir grand ses narines : « Est-ce que ça sent la piqûre ici? » Il a reconnu que non. Ça sentait les histoires comme dans sa maison où il y avait aussi plein de livres qu'il aurait la permission de toucher quand il aurait beaucoup travaillé à l'école et qu'il rentrerait fatigué mais content.

« C'est pas un docteur, c'est un professeur très gentil, a-t-il ajouté pour se rassurer. Il ne me fera même pas une radio des poumons. »

La porte s'est ouverte, le monsieur est apparu et il n'avait pas l'air gentil du tout. Il avait même l'air plutôt énervé. Il nous a regardés, Benjamin et moi, et m'a fait signe de passer dans son cabinet sans l'enfant. J'ai juré à Benjamin que je ne l'abandonnais pas, que je ne l'abandonnerais jamais et je l'ai suivi. Il a refermé la porte. Il était très grand, massif, avec une masse de cheveux blancs et une barbe poivre et sel. Il ne m'a pas proposé de m'asseoir.

« Que voulez-vous? a-t-il demandé. Je reçois le lundi et le mercredi, seulement sur rendez-vous. Pourquoi êtes-vous venue aujourd'hui?

– Pour Benjamin, ai-je expliqué. Le petit qui est là, de l'autre côté. Je dois absolument savoir si, oui ou non, il est surdoué. C'est urgent. »

Il a levé les yeux au ciel d'un air exaspéré.

« Surdoué... Ecoutez-moi, mademoiselle. Nous recevons ici chaque jour cinquante coups de téléphone de parents convaincus d'avoir mis au monde un génie et qui insistent pour me l'amener sur-le-champ. Jusque-là, ils n'étaient encore jamais venus me traquer chez moi. J'oubliais de vous dire que sur les cinquante soi-disant génies, il y avait cinquante adorables enfants tout à fait comme les autres malgré les rêves de leurs parents et je déplorerai pour finir qu'avec leurs rêves, ils leur fassent un mal considérable.

– Benjamin n'est pas pareil!

– Tous disent « le mien n'est pas pareil ».

La boule montait dans ma gorge. Bientôt, plus rien ne sortirait. Je m'étais si peu attendue à cet accueil. J'ai sorti son livre de mon sac.

« Alors pourquoi avez-vous écrit ça? Pourquoi avez-vous dit que si on ne s'occupait pas tout de suite de certains enfants, ils avaient toutes chances de s'éteindre et que c'était un crime, qu'il fallait les secourir. C'est à cause de ce mot que je suis venue : Benjamin a besoin d'être secouru. »

Les joues me brûlaient. Quand j'avais vu la photo, au dos du livre, j'avais tant espéré. Il avait un peu l'air d'un grand-père. Il comprendrait. J'avais aimé aussi ce qu'il avait écrit. Est-ce que, comme Pauline et comme Paul, seuls ses livres l'intéressaient? Pas ceux dont il parlait?

On a frappé légèrement, la porte s'est ouverte et sans attendre de réponse, Benjamin est entré. Il a refermé derrière lui, sans faire de bruit et n'a plus bougé, les yeux sur le tapis.

« Si tu allais dire bonjour aux poissons, Benjamin », a proposé Nicolas Chalain.

Benjamin a regardé le grand aquarium situé derrière le bureau du professeur et j'ai vu qu'il était tenté. Dans une lumière douce, des poissons de toute sorte glissaient entre les rochers et les algues. Ses yeux sont revenus sur les miens. Je lui ai fait signe que oui et il y est allé, en se retournant parfois pour s'assurer que nous ne lui tendions pas un piège.

Avec un gros soupir, Nicolas Chalain a pris place derrière son bureau.

« Asseyez-vous! »

Je me suis assise en face de lui. Il a sorti une fiche. Benjamin nous tournait le dos.

« Le nom, l'âge et l'adresse de l'enfant? »

Je n'avais pas prévu ça. C'était stupide; j'avais

seulement pensé qu'il verrait Benjamin, comprendrait tout de suite, m'aiderait avec enthousiasme.

« Alors? »

J'ai tout donné. Je ne voyais pas comment refuser mais je réalisais seulement ce que j'étais en train de faire. « Première chose, avertir ses parents », avait dit Emmanuel.

« Vous êtes sa sœur?

– Je suis sa tante.

– Pourquoi n'est-ce pas la mère de l'enfant qui l'a accompagné? »

Il enfonçait le fer dans la plaie.

« Actuellement, elle fait du ski avec son mari, ai-je expliqué. Et de toute façon, Benjamin ne les intéresse pas tellement. »

Il a eu comme un sourire.

« Peut-être ne sont-ils pas de votre avis à son sujet? »

Je m'étais exprimée maladroitement. Je lui avais donné une raison de plus de ne pas me croire. Il a fait pivoter son fauteuil et il a regardé un moment Benjamin qui fixait les poissons. Plusieurs d'entre eux semblaient être également intéressés par lui.

Le professeur m'a fait de nouveau face :

« A quel âge a-t-il marché, parlé? Savez-vous quand il a été propre? »

Je ne savais rien de tout cela et je le lui ai dit.

« D'après vous, il n'a donc pas été particulièrement précoce? »

Cela n'avait frappé personne. Mais quelle importance? Dès qu'il l'interrogerait, il comprendrait.

« Et qu'est-ce qui vous amène à penser qu'il est... surdoué? »

Décidément, le mot ne lui plaisait pas. Il l'avait prononcé du bout des lèvres, avec ironie.

« Il lit et compte sans que personne lui ait appris.

– Comment vous en êtes-vous aperçue? »

Je n'ai pas prononcé le nom de Gregory à cause de l'intéressé, mais j'ai expliqué qu'il jouait la nuit avec l'ordinateur de son père. Cela n'a pas semblé l'impressionner du tout.

« On est souvent étonné de la façon dont les enfants, aujourd'hui, se familiarisent vite avec les ordinateurs, a-t-il dit. Ils sont souvent beaucoup plus aptes à s'en servir que leurs parents.

– Benjamin ne jouait pas à des jeux pour enfants. Il jouait à des jeux d'adultes et il gagnait à tous les coups. »

Je voyais bien qu'il ne me croyait pas et je ne savais comment le convaincre. Quand j'ai parlé de Grosso-modo, la ville, la calculatrice, les mots croisés et les cerfs-volants, il a levé le sourcil comme si cela le confirmait dans l'idée que j'étais mythomane.

« Bien. Nous allons voir ça! »

On y était enfin. Il s'est tourné vers Benjamin qui avait toujours le nez collé à l'aquarium.

« Je vois que tu t'intéresses aux poissons. »

Benjamin n'a pas réagi.

« Tu as dû remarquer qu'il y en avait de différentes sortes, a poursuivi Nicolas Chalain. Il y a les chinois, ce sont les noirs avec les belles nageoires blanches. Et puis il y a aussi ceux-là, les argentés. A ton avis, lesquels sont les plus nombreux? »

Benjamin n'a pas répondu. Je me suis levée. Je venais seulement de me rendre compte que ce n'était pas les poissons qu'il regardait, mais moi, dans le reflet du verre. Et il avait un air buté et des lèvres serrées comme s'il m'en voulait, comme si je l'avais trompé. Je me suis levée pour venir vers lui. De la main, Nicolas Chalain m'a arrêtée.

« Nous allons laisser un peu les poissons tranquilles », a-t-il décidé.

Il a soulevé Benjamin et l'a assis sur ses genoux, puis il a fait tourner le fauteuil et ils se sont retrouvés tous les deux en face de moi. Benjamin se tenait raide comme un bout de bois.

« Il paraît que tu aimes bien lire », lui a dit le professeur.

Benjamin n'a toujours rien manifesté. Je ne savais plus quoi faire. J'avais l'impression d'étouffer. Nicolas Chalain a tiré un livre d'une pile qui se trouvait sur son bureau et il l'a ouvert devant lui.

« Tu connais l'histoire de Babar? »

C'était trop facile; il la savait par cœur.

« Veux-tu me la lire un peu? »

Benjamin a baissé les yeux et il a regardé l'image d'un air complètement abruti, sans prononcer un mot. Avec sa bouche grande ouverte, il avait l'air de l'idiot du village.

« Mais lis, Benjamin », ai-je supplié.

J'avais envie de le battre et, en même temps, j'aurais voulu le prendre dans mes bras et m'enfuir avec lui.

Le professeur a refermé le livre. Il a levé les yeux sur moi.

« Aux Etats-Unis, m'a-t-il raconté, un certain nombre de parents ont décidé d'avoir des enfants exceptionnels. Ils ont mis au point une méthode et, dès l'âge de quelques mois, ils commencent à bourrer le cerveau de leur progéniture. Ils obtiennent parfois des enfants qui lisent et comptent précocement, d'autres jouent d'un instrument de musique avant de pouvoir se tenir debout. Parallèlement, on constate chez des malheureux de trois ans à peine, un grand nombre de dépressions et ces soi-disant « dons » s'éteindront probablement aussi vite qu'ils sont venus car ces gens n'oublient qu'une chose : le développement émotionnel doit aller de pair avec le développement intellectuel. En poussant trop tôt leurs enfants, ils cassent la mécanique. Les parents de votre neveu sont peut-être très sages. Benjamin a tout le temps de montrer ses dons. Si vous lui laissiez la chance d'être et d'agir comme, visiblement, il le souhaite, c'est-à-dire comme les autres? C'est peut-être de cette façon-là qu'il a besoin d'être secouru. »

J'ai senti les larmes monter. Il parlait comme Grosso-modo. Mais Grosso-modo, au moins, savait. Pas lui! Et sa gentillesse, maintenant, était pire que tout. Il pensait m'avoir prouvé que je m'étais trompée et, comprenant ma déception, il cherchait à me consoler.

« Mais je vous promets... »

D'un geste de la main, il m'a arrêtée. Il regardait Benjamin et son regard avait changé. Benjamin venait de tirer devant lui un bloc de papier qui se trouvait sur le bureau : du papier à en-tête. Il semblait nous avoir oubliés et tout bas, très bas, pour lui, il déchiffrait ce qui y était inscrit. Il a lu : « Nicolas Chalain, agrégé de psychologie, professeur à la Faculté, 22, rue de l'Arche, Paris 75. »

« Il y a des 22 partout, a-t-il constaté.

– Je ne vois que 22, rue de l'Arche », a répondu Nicolas Chalain d'une voix très calme, très prudente.

Benjamin s'est tourné vers lui. Il lui a montré le papier à en-tête.

« 75, a-t-il lu, 7 et 15, ça fait 22. Mon Daddy, c'est le 78700 : sept, huit et encore sept, ça fait 22 aussi. Mon Daddy avait du papier avec son nom marqué, comme toi et j'ai le droit de dessiner dessus si j'en profite pour être sage et cesser une minute de poser des questions.

– Aimerais-tu faire un dessin sur mon papier à moi? » a demandé Nicolas Chalain toujours de la même voix prudente.

Benjamin a incliné la tête. Sans hâte, comme on apprivoise, le professeur a rapproché de lui une timbale en argent contenant plusieurs crayons de couleur et il a attendu. J'avais le cœur dans la gorge. C'était maintenant que j'aurais voulu pleurer et crier, de soulagement. Après avoir hésité, Benjamin a choisi un crayon rouge. Il s'est penché sur la feuille et il a fait courir sa main dessus, l'effleurant sans la toucher, en ayant l'air de s'appliquer beaucoup. Nicolas Chalain suivait chacun de ses gestes. Cela a duré un moment, puis Benjamin a remis le crayon en place et il a repoussé la timbale.

« C'est fait », a-t-il dit.

Le regard du professeur est devenu plus attentif encore. Il a désigné la feuille blanche.

« Qu'as-tu dessiné, Benjamin? »

Benjamin l'a fixé gravement :

« J'ai dessiné Daddy, a-t-il expliqué. Il est mort alors on ne voit rien, évidemment. Est-ce que tu veux que je t'explique pourquoi je l'ai dessiné en rouge?

– C'est que je tiens bougrement à le savoir », a dit le professeur.

CHAPITRE 21

DOUCE ET LÉGÈRE NORMANDIE

Bleue entre les collines, comme suspendue au ciel, la mer!

« Vite, supplie Claire. Tout de suite...

– A vos ordres, Princesse. »

Bernadette accélère, fend la petite ville assoupie, en attente de vacances, comme un manège fermé, un film nostalgique. Elle arrête la voiture à ras de digue. Elle court déjà sur le sable, précédée de Rami, ivre de ce paysage inconnu, mouvant et qui, là-bas, roule du tambour. Claire suit. Moi, je prends le temps de retirer mes chaussures.

Le sable est glacé. J'avais oublié son odeur : je ne me souvenais même pas qu'il en avait une, ocre, crissante et mouillée.

« Elle est basse, la salope, hurle Bernadette. Elle nous a fait ce coup-là! Juste le jour où on est venues la voir : elle a foutu le camp... »

Elle a laissé ses flaques, ses semis de coquillages et, à certains endroits, des traces aiguës de vagues qui blessent la plante des pieds. A bout de souffle, Bernadette s'arrête, ouvre grand les bras, étreint l'horizon. Elle crie :

« Si vous voulez savoir, les filles, je revis. »

Nous aussi! Et on est tous fous de laisser passer

les jours en oubliant ce fantastique cadeau bleu d'où coulent à profusion le sel, la danse et les chansons.

Nous reprenons la marche, souliers pendus au cou par les lacets. Dans notre dos, le long de la digue, veillent les sentinelles rayées de brun, coiffées de tuiles et d'ardoises. Les grandes baies aux stores de bois baissés, ce sont les salons, les salles à manger se trouvent dans les rotondes en légère avancée; au premier étage, derrière les volets verts percés de cœurs, il y a les chambres dont les murs sont tendus de papier à fleurs que l'humidité décolle un peu. Et du sable dans les rainures de plancher. Et des débris de coquillages au fond des tiroirs.

« Mais qu'est-ce qu'il se passe, là-bas? s'inquiète Claire. Un noyé? »

Au loin, sous un nuage de mouettes, on aperçoit des groupes de silhouettes. Rami galope déjà aux nouvelles, défiant le ciel de ses aboiements.

Ce n'est pas un noyé, ce sont des pêcheurs de la région. Armés de pelles, râteaux et crochets, pantalon roulé au-dessus des genoux, ils jardinent la mer. C'est paraît-il une lune exceptionnelle, surtout pour l'équille, cette espèce d'anguille, comme un éclair blanc, qui jaillit du sable quand vous creusez. Ils en ont plein leurs seaux, leurs sacs et leurs filets.

Rami est en arrêt devant un crabe dressé. Peur contre peur, ils se regardent et s'avertissent.

« Vous voulez nous aider, mesdemoiselles? proposent trois jeunes pêcheurs. C'est aujourd'hui ou jamais. Demain, elles nous auront faussé compagnie. »

Je demande :

« Si on en rapportait à la maison pour maman? »

Rien qu'en creusant avec mon talon, j'en ai déterré deux. Elles ont déjà disparu.

« Parce que tu crois qu'on est venues ici pour les équilles? s'indigne Bernadette.

– Allons au moins jusqu'à la mer », supplie Claire.

Le flot mord nos pieds nus avec de petits bruits de mâchoires, et fonce le bas de nos pantalons. Claire, finalement, ne s'y aventure pas et, pour être sûre de n'y être pas obligée par ses sœurs, elle a gardé ses bottes. Bernadette se moque.

« Toi, tu regardes, tu ne touches pas.

– Moi, j'écoute.

– Et qu'est-ce qu'elle te raconte? »

La Princesse tend l'oreille : à l'horizon, c'est un roulement qui n'en finit pas : un bruit de combat.

« Elle m'apprend ce que veut dire « toujours », dit-elle en se détournant.

Puis la rue des Bains, privée de couleurs et de vie, sans ses grappes de ballons, ses colliers de bouées, ses panoplies de seaux, pelles et râteaux, ses paysages de cartes postales, ses odeurs de frites, ses moules et crevettes à gogo. Les trottoirs de la rue des Bains sans les pieds nus décorés de sable des enfants.

Nous dénichons quand même une crêperie ouverte. Odeur de pâte et de sucre, nappes et rideaux à carreaux, poutres brunes, ustensiles de grès, tout y est, ça va! On s'installe à une table. Bernadette et moi commandons des « complètes » : galettes avec tout, saucisse, œuf et fromage. La Princesse choisit une crêpe à la confiture. On demande un pichet de cidre tout de suite.

« J'ai à vous parler, annonce Bernadette.

– Quand même! » soupire Claire.

Durant le trajet, la Cavalière a refusé de répondre à nos questions. Pourtant, ça ne peut être seulement pour la balade qu'elle nous a demandé de l'accompagner à Mandreville avec, comme appât, détour par la mer.

« Voilà! A Pâques, vous n'allez plus à Montbard! Vous vous installez toutes les deux au château avec moi. Je vais avoir besoin de vous. Claire, tu pourras emmener Gabriel.

– Ça m'a l'air d'être un ordre, dit Claire. Peut-on savoir pourquoi?

– Les poneys arrivent le 1er avril! »

Nous restons stupéfaites. Aux dernières nouvelles, M. de Saint-Aimond n'avait toujours pas donné sa réponse.

« Alors, finalement, c'est oui? »

Bernadette a un regard de défi :

« Avez-vous jamais vu un gars en dépression prendre la décision de monter une entreprise? Ce « oui », il est complètement incapable de le dire.

– Ce qui signifie?

– Que je prends la décision pour lui », tranche Bernadette.

Elle écarte le rideau et regarde la rue.

« De toute façon, je suis coincée. Je ne peux plus reculer. »

Ça, elle l'a dit très bas, pour elle et sans colère. Il y a autre chose.

« Qu'est-ce qu'il se passe? interroge Claire. Raconte. »

Le regard de Bernadette revient vers nous.

« Crève-cœur », dit-elle...

Cela s'est passé il y a huit jours, à Heurtebise. Ils récupéraient du matériel pour les poneys quand une très belle voiture est entrée dans la cour, une étrangère. Un homme en est sorti, mocassins et parlant anglais. Crève-cœur l'a emmené dans son grenier et quand ils sont redescendus, l'homme tenait sous son bras un paquet enveloppé d'une vieille couverture. Il avait l'air content. Il l'a mis avec précaution dans le coffre de sa voiture. Il ne s'est même pas rendu compte, en s'en allant, qu'il lançait en guise d'adieu de grandes giclées de boue sur le pantalon du commandant.

« Crève-cœur a vendu son tableau, dit-elle. La seule chose de valeur qui lui restait de sa famille : un tableau de maître.

– Mais pourquoi? souffle Claire.

– Pour payer les poneys! On avait besoin de liquide. Et moi, je lui ai laissé croire que l'affaire était conclue. »

Les galettes sont arrivées. J'attaque la mienne. Creusée par l'émotion, Claire avale sa crêpe en trois bouchées et en commande une seconde, celle-là flambée. Bernadette a repoussé son assiette.

« Grosso-modo, conclut la Princesse, tu nous demandes de venir essuyer les plâtres avec toi.

– Vous n'essuierez rien. Vous serez là, c'est tout. »

Elle l'a dit comme une enfant, comme avant : on sera là et on lui donnera du courage.

« Ça va être le plus beau poisson d'avril de leur vie », dis-je.

Elle rit, ça lui débloque l'appétit, et perdues pour perdues, nous commandons un second pichet de cidre. On termine, quand nos trois pêcheurs d'équilles font leur apparition. Ils nous repèrent tout de suite. On dirait qu'ils se concertent.

« Je prends le grand blond, souffle Bernadette à Claire. Et toi?

– Le brun à moustaches fera l'affaire.

– Vous êtes trop bonnes », dis-je.

Elles m'ont laissé le petit gros dont le ventre tombe sur les pieds. Ils viennent à notre table. Ils sentent la mer.

« Ça vous intéresse, mesdemoiselles, un peu

d'équilles? On en a attrapé dix fois plus qu'on pourra en manger.

– Ça nous passionne, dit Bernadette, mais il y a la question du transport!

– C'est comme si c'était fait! »

Ils demandent des journaux à la patronne. Ils y versent une part de pêche. Ça saute dans tous les sens. Ils empaquettent épais et serré, puis l'un d'eux troue le papier à coups de fourchette pour donner de l'air aux bestioles tandis que, d'horreur, Claire se bouche les oreilles.

Le paquet terminé, c'est à elle qu'ils l'offrent, bien sûr. C'était toujours la Princesse qui récoltait le plus de cadeaux. Celui-là n'a pas l'air de l'enchanter et elle ne sait par quel bout le prendre. Nos pêcheurs rient. Ils veulent savoir ce que nous sommes venues faire ici, à part manger des galettes.

« On va ouvrir un manège de poneys dans les environs, leur apprend Bernadette. Au Château de Mandreville, vous connaissez? »

Ils connaissent, bien sûr, comme tout le monde par ici; et ça leur paraît une plutôt bonne idée. Serons-nous les monitrices?

« Si vous voulez vous inscrire, ça ouvre à Pâques, annonce Claire avec son sourire le plus séduisant.

– Vous pourrez aussi en parler autour de vous, dis-je. On va avoir besoin de publicité.

– C'est comme si c'était fait », dit le blond.

Bernadette nous regarde :

« C'est exactement ce que nous nous disions! »

Le château de Mandreville est à une dizaine de kilomètres d'Houlgate. La route tourne dans des paysages verts, semés de pommiers et de fermes rayées. Ma tête tourne aussi. Et dans ces champs, entre ces arbres, je ne sais pas bien pourquoi, sûrement le cidre, je plante un nom : Emmanuel!

CHAPITRE 22

MANDREVILLE

On dirait qu'il salue la mer! De ses trois tours, ses toits bigarrés, ses murs en damier brique et pierre, il la salue et la défie.

Couchées à ses flancs, longues à n'en plus finir, le toit à ras de fenêtres, blanches et brunes, plâtre et bois, les dépendances : ferme et écuries.

Bernadette arrête la voiture dans la cour. Un vieil homme se hâte vers nous, c'est Bastien, le gardien. Sa femme, Rose, trottine sur ses talons. On ne voit que les sourires au creux des cheveux blancs. Bernadette nous présente. Bastien a ôté son béret. Rose a deux tabliers superposés comme Henriette, chez grand-mère.

« Je peux faire visiter à mes sœurs?

– Si ces dames ne craignent pas le froid, dit Bastien. On n'a pas encore mis les feux en route. »

Il tire de sa ceinture un énorme trousseau de clefs et ouvre la porte du château. Rose emporte Rami dans le creux de son tablier à cause de « ses planchers ». Il ne se défend que faiblement : ça sent bon du côté de la ferme. Tout l'hiver est dans le grand hall d'où part le majestueux escalier. A gauche, c'est le salon, avec les trophées de chasse de chaque côté de la cheminée, les murs couverts de tapisseries et le sol dallé. A côté du salon, bureau et salle de billard. A droite, la salle à manger. Le doigt de Bernadette désigne, sur les murs, les places plus claires.

« Les tableaux qu'ils ont bazardés. Eux aussi! Sans compter les meubles! Il est temps d'arrêter l'hémorragie, vous ne croyez pas? »

L'escalier sent bon la pierre. Les marches en sont usées au centre. A Montbard, l'été, on y voyait défiler des colonnes de fourmis que grand-mère pourchassait impitoyablement à l'aide de produits dont je détestais l'odeur. Une rangée d'hommes encadrés de doré, dont plusieurs portent un uniforme de marin, nous regardent monter. C'est le propre d'un bon peintre : ceux qu'il représente vous suivent des yeux. Bernadette se plante devant l'un d'eux. Il a l'air plutôt bienveillant.

« Vous voyez, mon cher comte, ici, c'est toujours les mâles qui ont fait la loi, les femmes n'avaient pas leur mot à dire. Eh bien, ça va changer! »

La Princesse est très choquée : et si Bastien ou Rose entendaient? Le comte de Saint-Aimond nous suit de son œil goguenard. Au premier étage court un long couloir coiffé de poutres sur lequel ouvrent des ribambelles de portes : les chambres. Chacune est différente, le sol, les boiseries, la cheminée. Dans toutes il y a une armoire et un lit haut perché habillé de bois.

« Laquelle j'aurai, moi? s'inquiète Claire.

– Choisis, dit Bernadette. Elles ont toutes un point commun : on y gèle! »

Rien que des chauffages d'appoint et, pour tout l'étage, une seule salle de bain. Il y a vingt ans, on allait chercher l'eau dans la cour : interdit de se plaindre!

La chambre qui plaît le plus à la Princesse, celle

avec le large lit recouvert de satin rouge, les tentures, le secrétaire marqueté, la chambre qu'elle choisit sans hésiter, c'est, pas de chance, celle des Saint-Aimond! Son instinct ne l'a pas trompée. Elle est tombée sur la plus belle.

Un autre escalier monte au grenier. Sur chaque marche, des pommes sont étalées. Ça sent la tarte, la compote. On ferait sans problèmes dix pièces supplémentaires là-haut. Nous achevons la visite par la cuisine, au sous-sol : gigantesque, voûtée, avec arrière-cuisine, office, laverie, cellier et tout. On doit pouvoir y préparer facilement des repas de cent couverts.

« Est-ce que vous commencez à comprendre ce que ça représente pour eux? interroge Bernadette. Trois cents ans que c'est leur *Marette*?

– Je m'en serais contentée », soupire Claire.

Bastien apparaît avec une charge de bois :

« Ces dames désirent-elles une flambée au salon? Et il paraît que Rose demande si nous voudrons, avant de partir, boire quelque chose de chaud?

– Un grand bol de chocolat, décide Bernadette. Mais pas ici. A la ferme. »

Elle entraîne Bastien dans un coin de cuisine. Nous faisons semblant de nous intéresser aux cuivres mais nous les entendons parler foin, avoine, vieille grange et livraison. Si nos oreilles ne nous abusent, le ravitaillement de la cavalerie arrive incessamment et Bastien est dans le secret.

« Bien sûr qu'il est dans le secret, nous explique Bernadette plus tard, comme nous descendons le grand pré, vers la rivière. Si le château saute, il saute avec. Et où voulez-vous qu'il aille? Il a toujours vécu ici, ses parents et ses grands-parents avant lui. C'est sa maison et celle de sa femme.

– A propos de femme et de mari, dis-je. Et Stéphane, qu'est-ce qu'il pense de tout ça? »

Bernadette envoie voler une motte de terre.

« On ne se parle plus depuis quinze jours.

– Toi ici et lui à Paris, on comprend que ça ne lui chante pas.

– Son stage d'avocat se termine en juin. Il trouvera plus facilement du travail à Caen ou à Pont-l'Evêque qu'à Paris!

– Peut-être n'a-t-il pas envie de vivre ici, remarque Claire.

– C'est son rêve, décide Bernadette. Mais il ne me pardonne pas de l'avoir placé en face. »

Le sol est tendre sous le pied. Rami, qui avait déjà fait goûter à son poil royal la vase et les fruits de mer en décomposition, se roule avec délices dans toutes les bouses qu'il trouve. La Cavalière nous explique qu'il faut compter un demi-hectare par poney, que Crève-cœur a décidé de l'endroit où ils mettront le paddock et que la première chose à faire sera de clôturer.

« Parce que tu comptes aussi sur nous pour clôturer? demande Claire épouvantée.

– Tu ne veux quand même pas laisser ensemble les hongres et les entiers? » s'indigne Bernadette.

Nous avons droit à un cours sur hongres, eunuques et compagnie. Il paraît que les mâles ne supportent pas de voir auprès de leurs femelles les pauvres mutilés. Nous compatissons à leur triste sort. C'est la rivière déjà et, de l'autre côté, le petit bois. Un pont y mène. J'y entends retentir le pas des poneys.

Il est cinq heures lorsque nous remontons vers Mandreville. La lumière ocre les murs, leurs couleurs deviennent plus profondes, plus denses, comme si le soleil en faisait sourdre le passé. Tuiles sur les toits, ardoises sur les tours. Le château est à la fois fier, campagnard et marin. Claire s'est arrêtée pour regarder, émerveillée. En un grand geste, Bernadette lui offre le tout.

« La Princesse a trouvé son royaume. Que demande le peuple ? »

Nous avons dégusté, chez Bastien, un bol de chocolat accompagné d'un gâteau encore tiède fait durant la visite. Puis l'heure du départ a sonné. Les équilles vivaient toujours. On les a mises dans le coffre pour les soustraire à l'appétit de Rami. J'aurais préféré l'y mettre, lui, vu les odeurs qu'il dégageait. Epuisé par sa journée, il s'est heureusement endormi sitôt la patte dans la voiture. Claire a pris la « place du mort », à côté de Bernadette qui s'emballe au volant.

Derrière nous, le rideau se baissait sur la mer. Nous la reverrions dans huit jours.

« Pas un mot à maman, a recommandé Bernadette. Inutile de l'inquiéter. On lui racontera quand tout sera réglé.

– Et Pauline, ai-je demandé. Il faudra qu'elle vienne aussi. On ne sera pas trop de quatre pour encaisser le choc.

– Elle viendra, a dit Bernadette. C'est entendu avec elle.

– Et pourquoi n'était-elle pas là aujourd'hui? a interrogé Claire.

– Elle avait un rendez-vous pour Benjamin. Je ne sais plus avec qui. »

Un vertige m'a traversée. Moi, je savais! Avec le professeur Nicolas Chalain. A l'heure où nous parlions, Pauline n'ignorait plus que son fils était un enfant exceptionnel. J'ai essayé d'imaginer la réaction : l'incrédulité? La joie?

Et si c'était la colère, si elle m'en voulait? Mon cœur s'est serré : je lui avais tendu un piège, comme Bernadette à son beau-père. M. de Saint-Aimond refuserait peut-être les poneys. Pauline n'accepterait peut-être pas que Nicolas Chalain s'occupe de Benjamin. J'ai essayé de n'y plus penser. J'ai appuyé ma tête sur le dossier de la banquette et je me suis tournée vers le paysage. C'est fou ce que les jours rallongeaient, fou ce que j'aurais aimé que mon père voie cela, ces couleurs mûres de fruit prêt à tomber. Un peu partout, l'ombre ouvrait des blessures. Soudain j'avais peur.

Et, à *La Marette,* Pauline m'attendait.

CHAPITRE 23

COUPABLE!

ELLE ne me laisse pas le temps de poser mes équilles, de retirer mon anorak. Elle vient vers moi, sur moi, me prend par le bras, me tire dans le salon, claque la porte.

« Merci, dit-elle. Merci beaucoup pour ce que tu as fait. Bravo! Superbe! »

Son visage est dur, méconnaissable. Il y passe des ondes de haine. J'ai envie de monter dans ma chambre, m'enfermer : une telle colère, je ne comprends pas.

« Tu ne sais que mettre le bordel partout, que faire des dégâts, détruire. On espérait que ça t'avait passé, mais non. Tu continues.

– Qu'est-ce qui continue? Qu'est-ce que j'ai fait de si épouvantable?

– Elle prend mon fils. Elle profite de mon absence pour l'amener à ce soi-disant professeur. Elle lui raconte des salades sur nous. Ils décident ensemble de son avenir. Et elle demande ce qu'elle a fait? »

Je comprends. Pauline se sent coupable de n'avoir rien vu des dons de son fils, elle est vexée, elle a eu honte en face du professeur.

« Il y a un mois, dis-je. Je ne savais rien moi non

plus. Il n'y a pas de mal à ça. Benjamin cachait bien son jeu, tu sais.

– Mais oui, je sais... raille-t-elle. Il le cachait parce qu'on lui faisait peur... qu'il n'y a pas de dialogue à la maison... qu'on n'est jamais là, que nous sommes des parents indignes.

– Je n'ai jamais dit ça.

– Alors pourquoi tu ne nous as parlé de rien?

– J'ai essayé, dis-je. Ça n'avait pas l'air de vous intéresser. Et j'avais peur que vous ne me croyiez pas.

– Comment pouvais-tu le savoir qu'on ne te croirait pas? »

Elle me regarde sous le nez. Je n'aime pas son visage : une étrangère.

« Dis plutôt que tu as voulu briller. Que ça t'a plu d'exhiber Benjamin : « Mon neveu est un surdoué... » C'est ça?

– Non! »

A mon tour, j'ai envie de crier. Peut-être ai-je eu tort d'agir sans lui en parler; cela ne veut pas dire qu'elle, elle est toute blanche.

« Vous lui défendiez de jouer avec Gregory. Vous menaciez de le vendre. Il était affolé. Il n'a pas d'autre ami. »

Elle me considère avec mépris.

« En effet : il n'a pas d'autre ami. Et nous, nous avons envie qu'il s'en fasse, des copains comme lui, en chair et en os. Nous ne voulons pas qu'il passe ses journées à converser avec une machine. N'as-tu jamais pensé que nous pouvions avoir notre idée sur Benjamin? Tu nous as toujours rendus responsables de ce qui n'allait pas. Il y a des enfants mal dans leur peau sans que les parents y soient pour rien, figure-toi. Ils se donnent un mal de chien et des petites c... comme toi viennent tout bousiller.

Benjamin n'a pas ouvert la bouche depuis que nous l'avons emmené là-bas. Il n'arrête pas de pleurer.

– Vous l'avez emmené là-bas? Et Paul était là?

– Pourquoi pas? Père, mère, enfant... c'était ce qu'il voulait, ton spécialiste de je ne sais quoi. »

Je les vois tous les trois, assis en face de Nicolas Chalain : père, mère et, entre eux, comme un prisonnier, je vois Benjamin. Finalement, c'est lui que j'ai piégé.

« Je pensais que tu irais seule.

– Tu penses toujours de travers. Paul est fou! Il en a marre de tes salades. Il veut élever son fils comme ça lui chante. L'esprit de famille, ce n'est pas l'esprit d'embrouille. »

Qu'est-ce qu'il disait, mon père? Que les gens ont des jardins secrets et que je devais cesser d'y mettre les gros sabots. Mais lui, il le disait sans mépris, en m'aimant. Je veux que Pauline disparaisse. Et qu'elle n'espère pas ma pitié! Parce que ce soir tu seras dans les bras de Paul, que tu as Benjamin, que tu peux dire « la maison » en pensant à un endroit vivant où tu te sens bien. Moi, je n'ai plus rien, juste une chambre qui n'est là que pour me rappeler que parfois cet homme frappait à ma porte, je faisais semblant de ne pas entendre, il disait : « On peut? » et il s'asseyait sur le bord de mon lit, l'air gêné. Le jour où un père y réfléchit à deux fois avant de tomber sur le lit de sa fille avec elle dans ses bras, il commence à être intimidé. Et elle, elle se sent devenir femme.

« Si papa était là...

– Parlons-en de papa, m'interrompt-elle. Tu le traînes dans le Jura... Tu lui ramènes ce type à *La Marette.* Merci aussi pour lui. »

Mon cœur s'arrête :

« Qu'est-ce que tu veux dire?

– Que tu fous la merde partout. On en a parlé avec maman. Elle est d'accord.

– Vous avez parlé de quoi? »

Elle ne répond pas. J'ai froid. Où est-elle, maman? En arrivant, j'ai vu la lumière dans sa chambre. C'est la première chose que je regarde en rentrant : sa fenêtre. Une manie. J'ai envie et peur qu'elle soit là. Envie et peur qu'Emmanuel m'appelle « ma chérie », envie et peur sans cesse. Ce feu, dans la cheminée, c'est sûrement elle qui l'a allumé. Pourquoi ne descend-elle pas?

« Qu'est-ce qu'elle fout, maman?

– Elle essaie de calmer Benjamin. Elle lui donne un bain. Elle a aussi appelé Paul... pour t'excuser. On passe sa vie à t'excuser ici. C'est trop facile, tu ne trouves pas? »

Je demande :

« Pour papa, tout à l'heure, qu'est-ce que tu as voulu dire? »

Elle me regarde, détourne les yeux :

« Rien.

– Si! Tu pensais à quelque chose. Et maman était d'accord, paraît-il.

– Je voulais dire que Bernadette t'avait avertie pour Tanguy mais que ça ne t'a pas empêchée de l'amener ici, que tu n'en fais qu'à ta tête sans jamais penser aux conséquences pour les autres.

– Les conséquences pour papa? »

Elle ne répond pas. C'est trop énorme, monstrueux. Ça refuse de sortir. « Une bombe prête à exploser », avait dit Bernadette[1]. Elle a explosé. Coût : deux victimes! Je tombe sur le canapé. J'ai tellement serré contre moi le paquet d'équilles que mon anorak est trempé. Je le pose à mes pieds. Maman sait. Elles en ont parlé. Elle est d'accord. Je

1. *Cécile, la Poison.*

me disais « c'est ma faute » mais, au fond, je n'y croyais pas tout à fait.

« Qu'est-ce que c'est que ça? Ça bouge... »

Pauline, l'air dégoûté, regarde le paquet sur le plancher.

Je le prends et le jette dans le feu. Il s'ouvre, les équilles se tordent, ça grouille et fume et sent la chair rôtie. Comme Claire, Pauline se bouche les oreilles. Je dis : « N'aie pas peur, ça ne crie pas. » Elle me regarde, horrifiée. Je viens d'être Tanguy quand il mettait le feu à son théâtre parce que la vie le serrait à la gorge. Et la porte s'ouvre : maman entre. Elle s'immobilise sur le seuil, respire, essaie de voir ce qui brûle.

« Qu'est-ce que ça sent? Qu'est-cc que vous avez fait? »

C'est à moi qu'elle s'adresse, bien sûr : « Qu'est-ce que j'ai encore bien pu faire? » Pauline s'est détournée. Le regard de maman fouille le salon, s'étonne.

« Benjamin n'est pas là? Je le croyais avec vous. »

Et à ce moment le téléphone sonne. C'est Tavernier. Il vient de voir arriver un petit garçon en larmes qui a traversé tout seul le chemin dans la nuit, un petit garçon en robe de chambre et en chaussons qui n'a pas l'air de vouloir rentrer chez lui et pleure trop pour s'expliquer. Que s'est-il passé? Que doit-il faire?

« Nous venons tout de suite », dit maman.

Elle raccroche, se tourne vers moi.

« Tu es contente de toi? »

Suivie de Pauline, elle sort. J'y vais aussi. Elles ne veulent pas de moi, m'effacent, me suppriment mais j'y vais, mais j'irai. C'est Mme Tavernier qui nous ouvre et, sans un mot, nous précède au salon. Benjamin, tout secoué de sanglots est dans les bras de Grosso-modo, assis sur son fauteuil et qui s'excuse d'un geste de ne pas se lever. Son regard m'interroge. Je me détourne. Il comprend : j'ai parlé et voilà le résultat! Il m'avait pourtant avertie. Comme Bernadette pour Tanguy, et papa pour Pauline...

Pauline s'agenouille devant le fauteuil et appelle doucement son fils. Benjamin s'agrippe au cou de « Pappy » : grenouille maigre dans son pyjama vert. Elle l'appelle à nouveau; il se retourne et me découvre moi. Son regard me dit que j'ai trahi, qu'il a entendu crier sa mère, qu'il l'a vue se disputer avec son père, qu'elle a pleuré et que tout cela c'est à cause de lui, parce que la nuit, alors que c'est défendu, il s'amuse avec Gregory qui est son seul ami.

Puis il se tourne vers Tavernier :

« Puisque mon papa, il veut avoir la paix si c'est pas trop demander, dit-il, et que ma maman, si on vend Gregory, elle retourne chez sa maman à elle parce qu'autant m'assassiner de sa propre main, moi, est-ce que je peux aller tout de suite au ciel avec mon Daddy? »

Les yeux de « Pappy » sont pleins de larmes. J'ai rompu la ficelle du cerf-volant.

CHAPITRE 24

VIVRE COMME ON ÉTOUFFE

La revoir, rencontrer son regard, mais comment? « On en a parlé... elle est d'accord. » Pour moi aussi le fil était cassé. Par Pauline.

Il faisait encore nuit quand j'ai quitté *La Marette.* Il pleuvait. Le soleil déchirait les nuages quand je suis arrivée à Paris. Un jour, Emmanuel m'avait parlé de sa rue : « Une rue plutôt province avec une école de bonnes sœurs. » C'était l'heure de la classe et des vagues d'enfants s'engouffraient sous le portail surmonté d'une croix de pierre usée. Dans la cour, on apercevait un gros marronnier hérissé de bourgeons cirés.

La gardienne, en robe de chambre à fleurs, astiquait la poignée de bronze de la porte cochère. Elle s'appliquait beaucoup, allant bien dans les coins, contemplant son ouvrage avec plaisir et on aurait dit qu'elle faisait des gestes d'amour. Je lui ai demandé l'étage du docteur Duplessis. Elle a hésité avant de répondre. Son chiffon à la main, elle regardait d'un air désapprobateur cette fille beaucoup moins présentable que sa belle poignée. Elle s'est quand même décidée : le docteur Duplessis habitait au dernier étage, je ne pouvais pas me tromper, il n'y avait qu'une seule porte.

Je suis montée à pied. Sur chaque palier, je voyais passer dans une glace une sorte de clown aux cheveux mouillés, au visage tragique avec de grands cernes sous les yeux. J'avais été malade cette nuit. A chaque toux, il me semblait que c'était moi que je rejetais : c'était très douloureux. J'ai sonné.

Emmanuel était en peignoir. Il a prononcé mon nom mais sans « ma chérie » cette fois. Moi, soudain, je ne pouvais plus bouger. C'était comme à la fin d'une course : on a donné tout son effort et, arrivé au but, on s'aperçoit qu'une enjambée de plus, on tomberait.

Il a pris mon poignet et m'a tirée dans l'entrée.

« Donne-moi ton anorak, petite. Il est trempé. »

Je me suis exécutée. Je n'avais qu'une seule envie : lui obéir. Il a emporté mon vêtement, et il est revenu avec une serviette.

« Frotte-moi cette tête. »

J'ai frotté cette tête. Quand j'ai eu fini, il a dit :

« Tu tombes pile pour le café! »

Je n'avais pas encore prononcé un mot. Il devait bien s'en être aperçu, mais il ne montrait rien. Je l'ai suivi dans la grande pièce qui devait lui servir pour tout, où il y avait un bon désordre, un lit défait, des revues et des livres sur les meubles, des tissus africains aux murs, beaucoup de vie et aussi une odeur de nuit mêlée à celle du tabac et à d'autres, indéfinissables, comme celles qui rôdaient autour de papa et m'ôtaient l'envie de l'embrasser quand j'avais douze ans. Nous appelions ça avec mes sœurs : « l'odeur d'homme ». Cela sonnait un peu comme « l'odeur du loup ».

« Viens voir un peu! »

Il m'a entraînée près de la baie qui occupait tout un panneau de la pièce. Elle donnait sur la cour de l'école. Devant la porte des classes, les enfants étaient en rang. On voyait les salles éclairées, les tables et les bancs, les tableaux noirs : on y était.

« Tu vois, je n'ai pas un grand appartement : une seule pièce, mais j'ai toute une école, une cour, un marronnier qui va bientôt fleurir, des récréations, des vacances... »

Je me suis souvenue de son frère handicapé. A cause de lui, son regard sur les enfants devait être différent. Pour moi, ceux qui se trouvaient là étaient tout simplement « normaux », à lui ils devaient paraître précieux. Et peut-être était-ce aussi à cause de son frère qu'il allait jusqu'en Afrique dans l'espoir d'en sauver quelques-uns.

Il m'a désigné le canapé, puis il est allé me chercher une tasse. Devant moi, sur la table basse, il y avait une bouteille thermos, des biscottes et du lait en tube. Même pas de beurre, même pas de confiture, un vrai repas de célibataire. J'ai montré la pièce, la baie surtout et j'ai dit : « C'est rudement chouette ici. » J'avais dans la gorge comme un bouchon épais, genre bouchon de champagne. Il a regardé lui aussi et il a dit : « C'est vrai, c'est chouette. » J'ai remarqué : « Vous devez penser que ce n'est pas une heure pour débarquer chez les gens, surtout sans avertir. » Il m'a souri. « Je t'attendais ! Je ne savais pas quand tu viendrais mais je t'attendais. » Alors j'ai regardé fort devant moi et je lui ai dit que j'avais causé la mort de mon père, le bouchon a sauté et le champagne s'est répandu partout.

J'avais la tête dans son peignoir, son bras autour de moi et je laissais couler. Il ne disait rien. Il ne disait pas : « Qu'est-ce que c'est que cette histoire ? » Ou « Tu es folle », ou « Que vas-tu chercher là ? » Il laissait venir. Et par petits morceaux, pendant les accalmies, j'ai tout raconté : Tanguy, le geste de mon père vers son cœur, le testament, sa mort... Jusqu'à hier, j'avais réussi à vivre à peu près malgré tout, il m'arrivait même parfois d'oublier, et puis Pauline : « Merci pour papa! »

En relevant un peu le visage, je pouvais toucher son menton de mon front. Le paysage le plus proche, c'était son cou et la chaînette en or à laquelle était suspendue une médaille, le visage d'un saint peut-être, pas celui de saint Emmanuel, il n'y en a pas.

Je lui ai expliqué que la mort de Tanguy aussi, je l'avais peut-être provoquée mais je pouvais penser qu'il était malheureux et que maintenant il ne souffrait plus, tandis que mon père était heureux comme un roi, il profitait de chaque seconde, appréciait chaque bouffée d'air et je n'arrêtais pas de compter tout ce qu'il manquait par ma faute.

Il continuait à se taire. Parfois, il serrait un peu plus fort mon épaule pour me montrer qu'il était toujours là. Non, je n'arrivais pas à accepter cette mort. Pas possible. Sans cesse, de toutes mes forces, j'essayais de remonter le courant, de revenir en arrière pour dire quelque chose à mon père et je me retrouvais le nez par terre, en train de vivre comme on étouffe.

« Dis-le-lui. »

Je n'ai pas compris. « Dis-le-lui », a-t-il répété. « Dis-lui ce qui t'étouffe. » Je n'osais pas. J'avais peur, honte, je me sentais ridicule. Qu'est-ce qu'il croyait? Qu'il m'entendrait? Qu'il était au ciel, coiffé d'une auréole? « Maintenant! », a-t-il ordonné. « Tout de suite. » J'ai regardé la médaille. J'avais dans ma poitrine une autre douleur, plus confuse, comme une vague, comme l'espoir. J'ai murmuré : « Pardon. » Emmanuel me serrait si fort qu'il me faisait mal. Je l'ai répété plusieurs fois : « Pardon, pardon », et après je me suis mise à rire parce qu'il n'y avait rien d'autre à faire.

Il a rempli ma tasse de café et y a fait couler un serpent de lait jusqu'à ce que je crie « assez ». J'aimais sa main autour du tube, une main d'homme, forte. Je la sentais encore autour de moi. J'ai commencé à boire. A présent, c'était à son tour de parler et je devinais à l'avance ses paroles : « Tu te fais des idées, tu n'es pas coupable, le cœur est un instrument fragile et imprévisible », tous les mots que je m'étais répétés cent fois sans parvenir à me convaincre, mais il ne les a pas prononcés.

« Es-tu prête à faire quelque chose de très difficile? » a-t-il demandé.

J'ai acquiescé. Et même le plus difficile possible! N'importe quel travail, quel départ, quelles montagnes à soulever, qu'il décide pour moi.

« Tu vas aller trouver ta mère et tu lui diras tout ce que tu viens de me dire. »

Mon cœur a bondi. C'était comme s'il m'avait frappée. Il n'avait rien compris! Parler à ma mère, l'unique chose que je ne pouvais faire. Depuis la mort de mon père, je n'avais pas été fichue de prononcer une seule fois son nom devant elle. Je ne pouvais pas. Je n'en avais pas le droit. Je le lui ai dit, et que je n'avais pas l'intention de retourner là-bas, voir ses yeux, mourir. J'avais même pensé, cette nuit, à lui demander de m'emmener en Afrique. Il m'y trouverait bien du travail. A l'hôpital, j'avais déjà beaucoup appris.

Il a pris mes poignets.

« Tu te souviens, Cécile, à Malbuisson, nous avions parlé de choix? Tu n'as plus le choix aujourd'hui. Il faut faire ce que je te dis. »

J'ai crié :

« Mais pourquoi?

– Pour pouvoir revivre. Parce que tu pourrais partir au fin fond de l'Afrique, et même encore plus loin, c'est toujours toi que tu emmènerais, et ce poids en toi : la mort de ton père que tu ne te pardonnes pas. Tu pourrais soulever toutes les montagnes du monde, cela ne te soulagerait pas. »

Il m'a dit que par Béa et par Pauline, il croyait connaître ma mère et que si elle était telle qu'elles la lui avaient décrite, tout s'arrangerait. Peut-être aussi ne serait-elle pas tout à fait de mon avis pour mon père.

« Et as-tu seulement pensé à ce qu'elle ressentirait si ce soir elle ne te voyait pas rentrer? »

Je l'avais imaginée me pardonnant, m'admirant pour les actions d'éclat que j'entreprendrais. Je m'étais vue allongée sur le sol, mourant pour une grande cause dans l'admiration générale et elle, à genoux près de moi, me caressant le front comme elle caressait, hier, celui de Pauline pour la convaincre de rentrer chez elle avec Benjamin. Je n'avais pensé qu'à ma propre souffrance, pas à la sienne, comme toujours.

« Je la ferais mourir elle aussi, c'est ça? »

Il n'a pas répondu. Il tendait l'oreille. Il s'est levé et il est allé ouvrir les deux battants de la baie : « Ecoute, c'est la récréation! » L'air était plein de cris d'enfants : ils s'épanouissaient comme la vie.

Je me suis laissée aller contre le dossier du canapé, j'ai fermé les yeux et je suis montée avec ces cris. Je flottais. J'ai peut-être dormi, j'étais si fatiguée. Quand j'ai rouvert les yeux, Emmanuel n'était plus là. La récréation était finie, j'avais une couverture sur les jambes et j'entendais le bruit d'une douche. Il avait dit : « Si tu veux bien, je m'habille et je te raccompagne. » Je ne voulais pas.

Sur un coin de la table basse, il y avait une revue de *Médecins sans frontières,* toute la couverture était prise par un visage d'enfant. On ne voyait que ses yeux. J'ai pris le tube de lait et je l'ai mis dans ma bouche, je l'ai pressé en appuyant près du goulot comme on ne doit jamais faire parce que c'est la meilleure façon de perdre le fond. C'était sucré et écœurant, mais j'en aurais bu toute ma vie.

CHAPITRE 25

LE PARDON

La matinée était légère et transparente. La pluie, le soleil sitôt après, tout volait : un paysage d'ailes et de miroirs. Nous roulions déjà hors de Paris. Je regardais les maisons dont certaines étaient précédées de jardins et j'essayais de deviner la vie des gens. C'était plus facile quand, aux fenêtres, il y avait des draps ou des couvertures pendus.

Emmanuel parlait. Il disait que lorsqu'une plaie était infectée, il ne fallait pas hésiter à trancher dans le vif, quelle que soit la souffrance, à ouvrir largement pour nettoyer, parce que s'il demeurait quelque part le moindre foyer d'infection c'était toujours lui qui finissait par gagner.

Il était dix heures. Les cours de secrétariat médical de ma mère n'avaient lieu que l'après-midi. Le matin, elle étudiait à la maison à l'aide de cassettes. Il y en avait de trois catégories : sténo, dactylo et anglais. Cela économisait les professeurs. Je rentrais parce qu'on m'y obligeait mais je ne parlerais pas. Je ne pourrais pas.

Il conduisait trop vite. Nous traversions déjà la forêt de Saint-Germain. J'ai ouvert la fenêtre pour respirer les arbres. C'était de ce côté que chaque année se tenait la plus grande fête de la région.

On montait dans des manèges diaboliques pour s'amuser à se sentir mourir. On en rapportait des poissons rouges, des oiseaux peints, des poupées-princesses. Les poissons et les oiseaux périssaient rapidement. Les robes des poupées se défraîchissaient mais pendant un moment, un souffle particulier était passé d'on ne sait où, oui, c'était cela, un souffle.

Emmanuel parlait toujours... il disait que toute opération vous laissait affaibli. On avait usé beaucoup de forces à se défendre et elles ne repoussaient pas du jour au lendemain. Mais un matin, on se réveillait plus fort et mystérieusement heureux car on mesurait mieux le prix de la vie.

Nous traversions l'Oise. Nous passions Conflans, où le marché battait son plein de couleurs et de bruits mêlés comme dans les tableaux des bons peintres où parfois la vie crie si fort qu'on en est assourdi. Nous remontions vers la ville nouvelle. Parmi ces immeubles hauts et gris comme des cheminées sans feu, il y en avait un où avait habité Tanguy, un garçon qui hurlait tout seul. Lorsqu'on avait côtoyé la souffrance, disait Emmanuel, et que par chance on l'avait surmontée, on savait la deviner chez les autres, on pouvait alors les aider, on était vraiment " frères ", un mot que je l'entendrais dire souvent, peut-être le mot qu'il préférait. Moi, je savais bien ce que mon « frère » était en train de faire avec ses paroles : il m'anesthésiait. Il m'empêchait de penser, d'avoir peur, d'ouvrir la portière et de me sauver.

Il a pris le chemin de Mareuil, tourné au bon endroit pour descendre le long du fleuve. Cette grille-là ouvrait sur ma maison. Il s'est arrêté devant. Les volets de la chambre des parents étaient ouverts et il y avait de la lumière dans le salon.

J'ai demandé : « Comment connaissiez-vous le chemin ? » Il a eu l'air gêné : « Un dimanche, figure-toi, je suis passé par là en me promenant. J'avais envie de voir la guérite de mon petit soldat. »

Alors je lui ai dit qu'un soldat se bat, pas moi ! Moi, c'était le contraire, j'avais peur tout le temps, je passais ma vie à fuir et même si je voulais je n'aurais jamais le courage de parler à ma mère. J'ai supplié : « Viens avec moi. »

Je ne l'avais encore jamais tutoyé et j'ai vu son regard changer. Durant quelques secondes, j'ai cru qu'il allait me prendre dans ses bras mais il s'est tourné vers *La Marette*.

« Certaines victoires, il faut les remporter seul, a-t-il dit. Sinon, ce ne sont pas de vraies victoires. Et un jour on regrette... »

Je ne regrettais qu'une chose : avoir cru qu'il m'aiderait. Je le lui ai dit, et il n'a pas répondu. Je suis sortie de cette voiture qu'un ami lui avait prêtée et sur laquelle il y avait le mot S.O.S. et ce qu'on appelle un gyrophare, je crois, qui permet, lorsqu'on le met en marche, d'aller plus vite porter secours aux gens. Encore une chance qu'il ne l'ait pas utilisé pour me ramener dans mon malheur.

Les éboueurs étaient passés. Avant de partir, ce matin, j'avais vidé dans la poubelle toutes les cendres de la cheminée et il restait juste un peu de poussière d'équilles sur les bords de plastique. Autrefois, les couvercles de ces poubelles nous faisaient de bons boucliers pour les batailles de marrons, et l'hiver, quand il avait, par chance, neigé, on pouvait s'en servir comme luge : ça glissait correctement. J'ai refermé la grille.

Au salon, il y avait une voix qui n'était pas celle de ma mère. Elle disait, cette voix inconnue, qu'il fallait commander des thermomètres, des pansements, de la gaze, des seringues hypodermiques, des stéthoscopes. Elle parlait « hémorragie, malaise, indisposition, contagion ». Ma mère était assise à la table de la salle à manger, en face du magnétophone, prenant en sténo sous sa dictée. Elle l'a arrêté quand je suis entrée.

Je suis allée droit à la fenêtre, celle qui donne sur le jardin et je l'ai ouverte. J'ai déchiré la page où il y avait une cabane construite dans le petit bois par Bernadette, un portique monté sur la pelouse par mon père, le pêcher de Benjamin, des saisons pleines de fleurs, de noix et de pommes, offertes, dit-on, par le Seigneur et j'ai tout déballé d'un coup.

J'ai entendu ma mère se lever avec un frisson dans tout le corps. Je l'ai sentie approcher. Ses bras se sont refermés autour de moi comme on fait pour aimer quelqu'un, mais aussi, parfois, pour l'étouffer. Elle a répété plusieurs fois : « C'était donc ça... C'était donc ça. »

Et tandis qu'elle parlait, qu'elle m'apprenait que ce geste de papa, elle le connaissait bien, il le faisait souvent : une douleur en respirant, une simple histoire de nerf coincé, que le testament établi au mois de décembre venait en remplacement d'un autre fait l'année précédente, que oui, elle était diablement d'accord avec Pauline, je ne cessais de me mêler des affaires d'autrui, j'avais fait, avec Benjamin, un gâchis terrible, une fois sur deux j'agissais de façon totalement irresponsable, je n'avais pas changé depuis le jour où, par exemple, je m'étais jetée tout habillée dans l'Armançon, près de chez grand-mère, voulant sauver je ne sais qui, soi-disant en train de se noyer, oubliant que je ne savais pas nager – et c'était le noyé qui m'avait tirée de l'eau en y laissant son masque et son fusil – j'étais restée celle qui ramenait à la maison tous les clochards du coin en leur promettant que mon père les soignerait, elle avait cent mille exemples comme ça à me servir, mais c'était souvent emportée par mon cœur que j'agissais, comme pour Tanguy, et si l'on devait mourir d'émotion, papa en avait son compte chaque jour à l'hôpital, il ne m'aurait pas attendue; tandis que d'une voix plus sourde, elle me faisait remarquer que depuis une certaine veille de Noël, je n'avais pas dû lui adresser beaucoup plus de dix mots, autres que les quotidiens, je ne la regardais plus en face, je la fuyais, elle ne savait à quel saint se vouer, elle croyait que je lui en voulais sans comprendre de quoi, sauf ce jour, récemment, où j'avais préparé un bon dîner, une sorte de fête, mais sans pour autant desserrer les dents, et enfin nous allions pouvoir respirer à nouveau, elle retrouvait sa Cécile, sa fille, la vie revenait en moi avec une telle violence qu'il m'a semblé mourir.

Comme on naît.

CHAPITRE 26

AU PIED DU MUR

« Ce tablier-là, dit Rose, c'était celui de ma mère. On voit à travers alors je mets la blouse dessus pour l'économiser. Je vais vous faire rire, mademoiselle Cécile, mais j'ai demandé à le porter dans mon cercueil. Mon père, il s'est bien fait enterrer avec son marteau. »

Mais non, je ne ris pas. C'est beau! Avec quoi voudrais-je être enterrée, moi? Rien encore. Espérons que ça viendra. Rose referme sur le tablier de drap noir, à fleurettes blanches presque effacées, la blouse à grosses fleurs de nylon et retourne à sa morue. Elle empile les filets dans une passoire, place celle-ci dans la bassine, y fait couler l'eau fraîche. La morue, c'est pour demain, Vendredi saint. Tout le monde sera là, moins les Démogée qui ne viennent que dimanche. Claire, Bernadette et moi, nous avons, avec les enfants, précédé Stéphane et Antoine. Je regarde la cuisine, les cageots de légumes, les pommes, les trois lapins encore dans leur peau. Il y a huit jours, lorsque nous étions passées à Mandreville, cette grande pièce m'avait semblé morte : elle n'était qu'endormie. Ce soir, elle a retrouvé vie.

« Quand j'avais votre âge, reprend Rose, je venais

ici donner la main pour les réceptions. Les plats, on ne savait où les poser tellement il y en avait. Au salon, ça bourdonnait comme à la plage, le dimanche. Ma mère me faisait belle pour que j'aide au service mais pas moyen de me décider à monter. Ça me faisait peur, tout ce monde!

– Et Bastien, vous l'avez connu comment?

– Ses parents travaillaient au château. Son père, c'était « l'homme de confiance » qu'ils l'appelaient.

« L'homme de confiance... » J'adore! Et aussi l'odeur qui monte de la sauteuse : céleris-raves et en branches pour le potage. J'approche le nez : « On aura des croûtons avec? »

A Montbard, Henriette m'aurait déjà envoyée balader : « Tu verras bien dans ton assiette. » Rose me demande, presque avec respect, si je les préfère à l'ail ou nature. Pensons aux autres : moitié-moitié.

Tandis que directement, sur la table de bois qui n'en est pas à une blessure près, elle épluche les pommes de terre, je regarde ses doigts. Les nœuds n'empêchent pas ses gestes d'être précis. C'est pour les gestes que j'aime tant les cuisines. Je le lui dis : ils m'enracinent, me disent hier et demain. Elle hoche la tête.

« Voyez-vous, mademoiselle Cécile, que les pommes soient d'en haut ou d'en bas, depuis soixante ans, je n'ai guère passé un jour sans en éplucher mon kilo! »

La porte s'ouvre et voilà Claire. Elle s'est changée : pantalon de soie, pull angora, talons hauts, collection de bracelets.

« Je t'ai cherchée partout, reproche-t-elle. J'aurais dû me douter... »

Je lui fais place à mes côtés, sur le banc. Rose la jauge du coin de l'œil.

« Elle, c'est la Princesse, dis-je. Elle a un appétit d'oiseau, sauf quand il y a de l'orage dans l'air : alors, l'ogre n'est pas son cousin! »

Claire daigne rire. Cela ne lui a jamais déplu qu'on l'appelle la Princesse et ici, elle a trouvé son cadre. Elle se demande si nous ne devrions pas rejoindre les Saint-Aimond au salon. Nous les avons à peine vus depuis notre arrivée. Voici Bastien maintenant! Transformé en maître d'hôtel, l'air tout guilleret. Il vient faire admirer à sa femme le fond de la soupière : « Ils y sont tous revenus, ma Rose. Et à présent, il faut les voir engloutir tes gnocchis. L'une des petites a demandé quelle viande c'était! »

Ils rient tous deux de bon cœur : un rire de vieux grelots. Bastien se tourne vers nous : « Madame Stéphane demande ces dames là-haut. » Il nous faut quelques secondes pour comprendre qu'il s'agit de Bernadette. Pourquoi pas madame la comtesse? Je suis Claire à regret vers la porte. Avant que nous la franchissions, le vieil homme nous rejoint : « Il paraît que c'est pour demain? » chuchote-t-il. « Il paraît », répond Claire à contrecœur. Rose vient de donner un tour aux céleris et l'odeur s'épanouit, nous poursuit dans l'escalier où Claire s'arrête, massant son estomac.

« J'ai un creux abominable, gémit-elle. Qu'est-ce qui va se passer, demain? Si tu veux mon avis, Bernadette est folle à lier.

– Moi, dis-je, sa folie me couperait plutôt l'appétit. Je vais avoir l'impression de mordre la main qui me nourrit. »

Comme je préférerais dîner à la cuisine en écoutant Rose me raconter sa jeunesse et la regardant préparer demain! Parce que, demain, la seule chose sûre et certaine, c'est que la morue sera dessalée et que nous la mangerons avec des pommes de terre sautées et du persil.

Dans la salle à manger, en bout de table, la marmaille achève de dîner sous l'œil sévère de Bernadette et attendri de Mme de Saint-Aimond. Gabriel préside, entouré de ses cousines. Impressionné par le décor, une fois n'est pas coutume, il se tient droit. Leur grand-mère contemple avec ravissement Mélanie et Sophie. Selon elle, ces demoiselles sont le portrait de Stéphane enfant; à *La Marette*, nous leur trouvons plutôt des airs bourguignons. Mélanie serre contre sa poitrine la timbale en argent marquée de ses initiales, de crainte qu'on ne la lui vole. Je la lui emprunte pour lui enseigner la vie et boire une précieuse gorgée. L'eau est comme allumée par le vermeil qui tapisse l'intérieur. Mme de Saint-Aimond nous sourit.

« Je suis heureuse que vous soyez là. Depuis qu'Aude fait ses études aux Etats-Unis, les filles ça manquait à la maison et ce matin, Hervé était tout joyeux lui aussi. Merci! »

Elle quitte la pièce, nous laissant paralysées. Bernadette tombe sur une chaise : « Merci... Et lui qui reprend goût à la vie. Il ne manquait plus que ça. Qu'est-ce qu'ils vont dire, demain! Les sœurs, je sens que je vais craquer!

– Tu peux encore décommander? C'est possible? interroge Claire avec espoir.

– Je peux essayer de retarder un peu, dit Bernadette fébrilement. Les poneys ont dû arriver aujourd'hui à Heurtebise. Crève-cœur n'aura qu'à les y garder quelques jours. Je lui dirai qu'il y a contretemps. A nous trois, on finira bien par convaincre Hervé, n'est-ce pas? »

Elle ne l'appelle « Hervé » qu'en dehors de sa présence. Stéphane aurait voulu qu'elle l'appelle « père » mais ça ne passe pas. Claire me regarde.

Nous la croyions dure et décidée, au fond, elle mourait de peur, comme nous. Je remarque : « C'est un peu tard pour penser à tout ça.

– Je peux bien vous le dire maintenant, murmure-t-elle, ça fait huit jours que je ne ferme pas l'œil. J'ai failli cent fois tout annuler mais je n'ai pas osé. Crève-cœur est si heureux. »

Nous décidons qu'elle appellera le manège pendant que nous prendrons l'apéritif. Le téléphone se trouve dans le bureau, contigu au salon. Claire et moi ferons en sorte que les Saint-Aimond n'entendent pas la conversation. Les enfants traînent. Nous pressons le mouvement. Dévorée par l'angoisse, Claire ratisse tous les quignons de pain.

L'apéritif est servi devant la cheminée où brûle une belle flambée. Le maître de maison est superbe : blazer marine et pantalon blanc. J'aurais dû me changer. Il nous annonce que samedi, veille de Pâques, nous sablerons le champagne pour fêter notre premier séjour à Mandreville. C'est vrai qu'il semble en forme. Bernadette passe dans le bureau après avoir demandé l'autorisation d'appeler *La Marette*. Dès que retentit la petite sonnerie indiquant qu'elle a décroché l'appareil, Claire lance la conversation sur Montbard où maman doit passer le week-end de Pâques. Elle ne dit pas que nous étions prévues là-bas; que nous avons décommandé pour soutenir Bernadette dans son opération « poneys ». Ça s'éternise au téléphone. Aux Saint-Aimond médusés, Claire détaille d'une voix mourante les menus bourguignons des dix dernières années. Bernadette revient enfin.

Elle est très pâle et nous lance un regard de détresse. M. de Saint-Aimond s'inquiète : « Une mauvaise nouvelle? » Bernadette prétend qu'en se levant elle a eu un étourdissement, c'est tout. C'est déjà passé! Elle vient s'asseoir sur le tabouret de tapisserie, aux pieds d' « Hervé » et le regarde comme parfois elle regardait papa, comme une fille et une femme à la fois.

« Pour les poneys, dit-elle d'une voix un peu tremblante, vous aviez dit qu'à Pâques... »

D'un geste, son beau-père l'arrête : un geste gentil, une caresse sur ses cheveux.

« Ma petite fille, je vous en prie, ne nous gâchez pas cette soirée! »

Plus tard, dans la chambre de Bernadette, nous apprenons ce qui s'est passé. Dès le premier mot de notre sœur, Crève-cœur a explosé. Un contretemps? Quel contretemps? Le grand pré était toujours là? Le foin et l'avoine engrangés? Les granulés? Elle avait pensé à l'eau, aux pierres à sel? Eh bien, il ne lui en fallait pas plus. Les contretemps, ça s'arrangeait et on ne décommandait pas, quelques heures auparavant, une opération de cette envergure. Lui aussi avait ses engagements, ne serait-ce que le van, retenu depuis trois semaines, attendu aux aurores à Heurtebise.

Bref, nous pouvions compter comme prévu sur l'arrivée, après le déjeuner, du commandant de Montorgel, quatre poneys et deux ponettes.

CHAPITRE 27

COMMANDANT DE MONTORGEL

CE sont les enfants qui l'ont vu en premier : un long wagon blanc. Il était trois heures de l'après-midi; nous jouions aux cartes au salon. Les Saint-Aimond étaient à l'église pour le chemin de croix, Claire et Rose les avaient accompagnés.

Le van a fait lentement le tour du château, guidé par Bastien. Crève-cœur était assis près du conducteur, un gros type à casquette à carreaux. Ils se sont arrêtés au ras du grand pré. Nous y étions déjà. Ils ont sauté à terre et ouvert immédiatement les portes arrière pour voir comment cela se comportait à l'intérieur. En découvrant les poneys, les trois petits se sont mis à hurler d'excitation et de peur. Crève-cœur s'est planté devant eux : « La première chose à faire, leur a-t-il ordonné en prenant des airs redoutables, c'est de ne pas rendre sourds les poneys en beuglant comme des veaux », et ils se sont tus.

Le conducteur a baissé le pont. Ils n'avaient pas l'air tellement pressés de descendre là-dedans. C'est Vigilant, le plus grand de la bande, brun foncé, qui a donné l'exemple. Mocassin l'a suivi, resplendissant comme s'il venait d'être ciré, puis Shampoing, tout mousseux, puis les ponettes, Isabelle et Divine à la robe toute blanche, et enfin Roméo, le minuscule, à peine plus haut qu'un gros chien mais recouvert d'une telle fourrure qu'on aurait dit un ours et les trois enfants ont recommencé à crier de joie.

Après avoir hésité quelques secondes, les poneys se sont tous les six lancés dans le pré, galopant et se roulant dans l'herbe comme des enfants en récréation. Pour épater ses cousines, Gabriel est passé sous la barrière, assurant qu'il allait vérifier s'ils étaient en vrai poil, mais quand il a vu arriver Vigilant au triple galop, il a vite battu en retraite. Crève-cœur les a, à nouveau, regardés tous les trois et il leur a appris que ce n'étaient pas des jouets, même Roméo, tout petit, et Shampoing tout mousseux. Il s'agissait de poneys, c'est-à-dire de chevaux nains et ils méritaient le respect.

Le conducteur du van a regardé sa montre. S'il ne voulait pas rater l'omelette ce soir, il ne devait plus tarder. Où mettait-on le matériel? Crève-cœur s'est alors tourné vers Bernadette qui n'avait toujours pas ouvert la bouche et il lui a dit qu'ils allaient le déposer directement dans la sellerie.

Celle-ci avait été prévue dans l'ancien chenil, à côté de la ferme. Les hommes y ont rentré les quatre malles d'osier et le van est reparti en semant un peu de paille sur le gravier. Les cloches de l'église sonnaient comme pour un enterrement : le chemin de croix devait se terminer.

Le chenil avait été nettoyé et il y avait aux murs de quoi suspendre les harnachements d'un régiment. Bastien avait récupéré une vieille table qu'il avait placée au milieu. Sur une étagère, au fond de la pièce, on pourrait mettre la pharmacie d'urgence. Il y avait aussi quelques bancs. Crève-cœur a approuvé. Il semblait calme et content et il n'a pas rouspété quand les enfants ont sorti les toques de l'une des malles et se les sont enfoncées sur la tête.

« Alors, ce contretemps, a-t-il demandé à Bernadette. Vas-tu m'expliquer de quoi il s'agit?

– C'est mon beau-père », a dit notre sœur.

Elle n'a pas eu le temps d'en raconter davantage car l'intéressé est entré à ce moment-là dans la cour avec sa femme, Claire et Rose. Les enfants se sont précipités à leur rencontre, leurs toques jusqu'au nez, voulant les emmener tout de suite admirer les poneys que l'on entendait hennir dans le pré.

Crève-cœur regardait Bernadette, essayant de comprendre sa paralysie soudaine. M. de Saint-Aimond a écarté les enfants et il est venu vers ce qui n'était encore pour lui que le vieux chenil. Il s'est arrêté devant la porte. On ne le voyait pas bien à cause du soleil. Son regard a fait un tour avant de se poser sur les malles.

« Qu'est-ce que c'est que ce fourbi? a-t-il demandé.

– Ce sont les harnachements des poneys, monsieur », a répondu Crève-cœur.

Saint-Aimond l'a dévisagé, incrédule, lui, puis Bernadette :

« Alors, vous avez fait ça? a-t-il dit. Vous l'avez fait?

– Vous comprendrez, monsieur, a dit Crève-cœur, qu'une telle opération ne se décommande pas à la dernière minute. »

Il avait parlé sèchement. Pour lui, M. de Saint-Aimond s'était ravisé. Et il réprouvait. On ne reprend pas une parole donnée.

« Je vais vous expliquer », a dit Bernadette.

Elle était aussi blanche que la cravate du commandant de Montorgel. Claire s'est glissée dans la sellerie et elle est venue près de moi : elle ne nous lâchait pas.

« Tu n'as nul besoin de m'expliquer quoi que ce soit, a dit Saint-Aimond. C'est tout à fait clair, il me semble. Vous avez cru pouvoir me forcer la main. J'ai le regret de vous dire que vous avez échoué. »

Crève-cœur s'est redressé :

« Cet accord..., a-t-il commencé.

– Ne parlez pas d'accord, l'a coupé Saint-Aimond. Vous savez bien que je ne l'ai jamais donné. »

Le regard de Crève-cœur s'est agrandi. Il s'est tourné vers Bernadette qui a incliné la tête et, cette fois, il a compris. Son visage s'est affaissé : il ressemblait à un homme trahi.

« Commandant, a repris Saint-Aimond d'une voix glacée. Je ne veux pas de ces bêtes ici. Vous voudrez bien les remmener immédiatement. »

Montorgel a eu un sursaut. Appeler un cheval « une bête » est le plus grand des péchés aux oreilles d'un cavalier. Ceux qui le font deviennent des étrangers. On peut n'avoir jamais monté mais savoir qu'ils sont de merveilleux compagnons, qu'ils reconnaissent une voix, une odeur, qu'ils souffrent, aiment et aident bien des hommes à vivre.

Crève-cœur n'avait pas une estime folle pour les poneys, ces chevaux nains, lui qui, au Cadre noir, dressait les plus belles montures; mais depuis deux mois, il avait passé des jours à sélectionner ceux-ci, les Pottok, les Newforest, le Shetland. Il connaissait chacun d'entre eux, son caractère, ses qualités, ses faiblesses, et les voir traités avec ce mépris était plus qu'il ne pouvait supporter.

« Ce ne sont pas des bêtes, monsieur, a-t-il dit. Ce sont des poneys et ils sont tous de pur sang.

– Ce sont surtout des indésirables, a rétorqué Saint-Aimond, et je n'en veux pas chez moi.

– Je crois l'avoir compris, a dit Montorgel. Soyez assuré que si je le pouvais, ils ne resteraient pas ici une minute de plus. Mais il se trouve que le van est reparti, c'est le week-end de Pâques, nous n'avons aucune chance de l'avoir avant mardi prochain et je suis obligé de vous demander asile pour eux jusque-là. »

M. de Saint-Aimond a hésité, impressionné par l'attitude de Montorgel, son ton digne et impératif. Il semblait se demander comment un tel homme avait pu lui jouer ce tour-là. Ce n'était pas le petit maître de manège qui avait parlé, mais le commandant au Cadre noir, la prestigieuse école d'équitation de Saumur. Et un qui ne s'y était pas trompé, vu son air de respect, c'était Bastien.

J'ai senti le sang monter à mes joues. Pourquoi Crève-cœur ne disait-il pas la vérité? Il n'y était pour rien. Lui aussi avait été trahi. Et pourquoi Bernadette le laissait-elle accuser sans intervenir?

A nouveau, elle a voulu parler mais cette fois, c'est le maître de manège qui l'a arrêtée : « Repos », a-t-il ordonné. Il s'est tourné vers Saint-Aimond :

« Mardi au plus tard, ils seront partis. Vous avez ma parole.

– S'il n'y a vraiment pas moyen de faire autrement, a répondu celui-ci, nous les garderons jusque-là. Mais je vous en rends responsable, ainsi que des dégâts qu'ils pourraient causer. »

Il nous a tourné le dos, et il est parti. Les trois petits avaient ôté leurs toques; ils se tenaient contre le mur, pétrifiés, comprenant que quelque chose de grave s'était passé.

« Il va s'en aller alors, Roméo? a demandé Sophie d'une toute petite voix. On ne pourra pas monter dessus?

– Moi, c'est Vigilant que je veux, a déclaré Gabriel, parce que c'est le plus grand et que je suis le cow-boy. »

Crève-cœur s'est tourné vers lui :

« La première qualité d'un cavalier, cow-boy ou non, monsieur, c'est la modestie », a-t-il tempêté.

Puis il a regardé Bernadette. Elle avait les mâchoires serrées, un visage dur. Elle a soutenu son regard. Elle attendait la punition. Peut-être Crèvecœur la frapperait-il comme il avait, un jour, frappé un élève qui lui avait manqué de respect? Mais les yeux du commandant de Montorgel se sont détournés. Il a regardé les quatre grandes malles d'osier, tout ce qu'il possédait, et, un peu plus loin, la cour pavée pleine de soleil et, au bout de la cour, le château, rose et blanc, et, plus haut, le ciel. Et il a dit :

« Décidément, j'aurai tout raté dans ma vie. »

CHAPITRE 28

L'ARBRE DE LA LIBERTÉ

SA passion des chevaux, il ne pouvait dire quand elle avait commencé parce que ceux-ci avaient toujours fait partie de sa vie. Lorsqu'il était enfant, il y en avait une douzaine à demeure à Montorgel, dans les Ardennes, un château comme ici où vivaient les siens et où avaient lieu des chasses à courre célèbres dans la région.

A douze ans, pour Noël, il avait trouvé dans ses souliers une jument de pur sang : Cybèle, fière et sauvage. Il l'aimait tant qu'il lui arrivait, la nuit, de se lever pour aller, à l'écurie, dormir avec elle.

Il avait fait des études médiocres. Rester enfermé entre quatre murs, il ne supportait pas. L'argent commençait à manquer à Montorgel et son père, qui comptait sur lui pour redresser la situation, avait vu ses espoirs déçus.

Après son service militaire, dans la cavalerie, Jean-François de Montorgel était resté dans l'armée avant d'être admis au Cadre noir. Il avait vécu là les plus belles années de sa vie, plus préoccupé de son amour pour le cheval que de sa carrière. Juste avant sa retraite, on l'avait nommé commandant. Entre-temps, ses parents étaient morts et il avait dû vendre le château : droits d'héritage.

« L'Etat est un rapace!

– Sourd et aveugle. Seulement sensible à l'odeur de l'argent, maman en sait quelque chose... »

Il me regarde comme s'il découvrait ma présence et s'étonnait de m'en avoir tant dit. Je l'ai retrouvé sur la place du village, échoué sur ce banc. Je suis venue m'asseoir à ses côtés, j'ai attendu et il a vidé son cœur, tout comme moi, un certain matin, avec Emmanuel. L'heure était venue pour lui aussi.

Il détourne ses yeux très pâles, regarde là-haut, où passent des nuages, des oiseaux et plein de promesses de printemps.

« Le château de Montorgel est devenu une maison de retraite. Avec ce qui me restait, j'ai acheté Heurtebise, la suite, tu connais... »

... la faillite de son manège. Aujourd'hui, l'échec des poneys. « J'ai tout raté. » Il n'a plus qu'à retourner sécher dans son grenier. Dans un tourbillon de rires, une bande d'enfants traverse la place en courant : poisson d'avril? C'est un village de livres d'images, fait d'une poignée de maisons avec des murs en nougat barrés de chocolat, des fenêtres-gaufres et des toits pain brûlé. Au centre de la minuscule place, un peuplier immense à patte d'éléphant.

« Pourquoi a-t-elle fait ça? demande soudain Crève-cœur. Tu peux me le dire, toi?

– Elle est comme vous : vivre entre quatre murs, elle n'a pas pu. Ce manège, c'était sa façon de s'en sortir et comme ce salaud d'Hervé ne se décidait pas, elle a tenté un coup désespéré.

– Désespéré ou non, elle a eu tort, dit Crève-cœur fortement. Et sache que je donne cent fois raison à M. de Saint-Aimond.

– Vous auriez dû lui dire que vous n'y étiez pour rien. Il vous croit de mèche avec elle. »

Il me toise, choqué :

« Crois-tu que j'aie pour habitude de lâcher les gens? »

Je baisse le nez. Je ne peux pas lui dire que Bernadette non plus ne lâche pas ceux qu'elle aime et que son geste désespéré, elle l'a fait aussi pour qu'il cesse de boire du pastis dans son grenier en mangeant à même les boîtes de conserve.

« Qu'est-ce que vous allez faire?

– Rembarquer mon monde mardi, revendre le tout, le moins mal possible. »

Mon cœur se serre : « Son monde... » comme parfois les mots sonnent juste. Quand il aura vendu son monde, que lui restera-t-il?

« Et vous?

– Moi? Quelle importance? »

Il se lève. L'audience est terminée. Peut-être ne parlera-t-il plus jamais à personne comme il vient de le faire avec moi?

« Il faudrait quand même que je passe là-bas avant la nuit! »

Vite, je vais toucher le tronc de mon ami le peuplier. A son pied, une pancarte indique : « Arbre de la liberté. » Il y a aussi une date : « 1790. » Crève-cœur le regarde :

« Il y en avait un à Montorgel, face au château. Les 14 juillet, on y suspendait tant de lampions qu'un jour il a pris feu. Il n'en est rien resté!

– Pourquoi : « Arbre de la liberté »?

– Ils ont été plantés un peu partout à la Révolution. Souvent, les paysans brûlaient à leurs pieds les titres seigneuriaux. Il y a eu aussi les « arbres de la fraternité ».

Fraternité, c'est beau, cela me plaît. Nous marchons vers Mandreville. Derrière les toits ocre, on voit apparaître le gris de ses ardoises. Mais qui, aujourd'hui, nous construira des châteaux? Moi, j'en voudrais partout. Et des cathédrales, des clochers, des tours et des flèches, des mâts de cocagne jusqu'aux nuages avec, suspendus là-haut, de mystérieux bonheurs. Je voudrais qu'on cesse de nous vider le ciel.

« Et elle? demande Crève-cœur sans me regarder. Qu'est-ce qu'elle fout maintenant?

– Elle s'est enfermée dans sa chambre. Stéphane arrive tout à l'heure, ça va être gai!

– Je suppose que lui non plus n'était pas au courant. »

Je secoue la tête :

« Non! De toute façon, il était contre. »

Nous passons la grille du château. De l'herbe pousse entre les pavés de la cour. Crève-cœur marche plus vite, un peu comme un voleur, en courbant les épaules alors que tout à l'heure il était entré en vainqueur.

Côté grand pré, c'est toujours l'extase. Collés à la barrière, les enfants ne quittent pas les poneys des yeux.

« C'est Roméo qu'ils préfèrent, nous apprend Claire. Mocassin leur plaît bien aussi. Quant à Vigilant, ils l'appellent le Commandeur. »

Crève-cœur vient s'accouder à la barrière, entre gamin et gamines, et commence à expliquer. Ils ont bien deviné : le chef, c'est Vigilant. Les autres lui obéissent au sabot et à l'œil. Il y a aussi un sous-chef, sans doute Shampoing, c'est comme ça au royaume des poneys. Le petit Roméo, leur préféré, est fou amoureux de Divine, la jolie ponette blanche, deux fois haute comme lui mais c'est le cadet de ses soucis. Ont-ils remarqué qu'il est toujours collé à elle? Et maintenant, qu'ils observent un peu Vigilant et ils s'apercevront qu'il est jaloux. Il y a de la bagarre dans l'air : on sera peut-être obligé de les séparer.

Les enfants sont passionnés. Gabriel regarde

Crève-cœur avec un mélange de ferveur et de crainte. Celui-ci s'empare de sa main et l'entraîne avec lui dans le pré. Bien que mort de peur, Gabriel suit, se contentant de jeter à sa mère des regards éperdus. Ils s'arrêtent près de chaque animal. Crève-cœur parle à Gabriel et celui-ci, timidement, commence à caresser les poneys. Mono et Zygote ne respirent plus. Claire soupire :

« Tu te rends compte, cela aurait pu être si bien!

– Ils vont dormir dehors et par terre, les pauvres? interroge Mélanie lorsque Crève-cœur revient avec Gabriel débordant de fierté.

– Exactement, dit celui-ci, mais ils ne sont pas pauvres du tout : ils préfèrent mille fois leur bonne herbe à ton lit. »

A l'idée des poneys dans le lit de Mélanie, le rire des trois petits explose. A l'une des fenêtres du château, il m'a semblé voir bouger un rideau.

Un peu plus tard, j'accompagne Crève-cœur jusqu'à la sellerie. De l'une des malles, il tire un sac, y enfonce quelques affaires. Et lui, où va-t-il dormir? Je m'apprête à le lui demander quand Bastien apparaît, sa casquette à la main.

« Si monsieur le commandant de Montorgel veut bien nous faire l'honneur de loger chez nous, dit-il, j'en ai causé avec ma femme! Nous avons une chambre pour lui. Elle n'est pas bien grande mais elle donne sur le pré. »

Le « commandant de Montorgel » se redresse. Il regarde longuement le vieux gardien et je le sens ému.

« Je vous remercie, dit-il, mais je logerai au village. J'y ai déjà retenu une chambre chez l'habitant. Il paraît qu'avec les fêtes de Pâques, tout est loué dans les environs. »

Bastien n'insiste pas, mais il semble déçu.

« Pourrez-vous veiller à ce que les poneys aient un peu de foin, lui demande Crève-cœur. Tant de bonne herbe, ils n'ont pas l'habitude. Ils vont s'en mettre des ventrées et ça tournera en colique. »

Je le raccompagne à la grille. Le soleil fond sous les nuages, les colore de rose et d'orange. Antoine et Stéphane ne devraient plus tarder à arriver. Claire a raison : cela aurait pu être si bien! On leur aurait fait une haie d'honneur sur les poneys.

« Au cas où tu aurais besoin de me joindre, c'est à la boulangerie », dit Crève-cœur.

Il s'est arrêté et me regarde d'un air un peu gêné : pourvu qu'il ne m'en veuille pas de s'être confié à moi.

« Passe une bonne soirée malgré tout, petite! »

Et quand il dit « petite », soudain, Emmanuel est là. Lui aussi m'a appelée comme ça, et quelque chose d'immense m'emplit, qui me dresse sur la pointe des pieds et, tout commandant de Montorgel qu'il est, me fait enfoncer dans ses joues deux énormes baisers. Il en reste paralysé.

« Eh bien, eh bien, finit-il par dire. Tu me prends pour ton amoureux? »

CHAPITRE 29

NON MERCI POUR LA MORUE

QUAND le dîner commence, deux places sur sept sont vides à la table de la salle à manger : celle du maître de maison et celle de Bernadette. On a sonné une seconde fois la cloche pour annoncer aux manquants que le rcpas était servi, sans résultats!

Sont donc présents : Mme de Saint-Aimond, à sa droite Antoine, à sa gauche son fils, Claire à côté de son mari et moi près de Stéphane.

Bastien fait son entrée, portant un long plat d'argent dans lequel se trouve la morue sur une couche de persil. Il a passé une veste blanche et mis de l'ordre dans sa tignasse. Il est superbe. Rose suit avec les pommes de terre sautées et la saucière. Repas de jeûne ou non, ça sent sacrément bon! Chacun se sert. Stéphane goûte le vin. Moi, je suis au cidre maison, il racle le palais mais pétille comme du champagne.

Antoine fait des efforts pour nourrir la conversation, nous décrivant par le menu le trajet Paris-Normandie une veille de week-end de Pâques, essayant vainement de s'y retrouver dans le prix des péages : passionnant! Le visage fermé, Stéphane émiette son poisson. Tout ce que nous savons c'est que Bernadette a refusé de lui ouvrir sa porte et qu'il a eu avec sa mère une longue conversation.

Soudain, il se tourne vers elle, pose sa serviette sur la table.

« Puis-je aller voir ce que fait mon père, demande-t-il.

– Va », dit-elle.

Il sort. Bastien regarde avec consternation l'assiette pleine qu'il a laissée.

« Madame m'autorise-t-elle à mettre ceci au chaud ?

– Faites », dit Mme de Saint-Aimond.

Il disparaît avec l'assiette. Il y a maintenant trois places vides. Le sujet de l'autoroute étant épuisé, Antoine se lance sur son enfance en Normandie : Cabourg, les châteaux forts, les pâtés de sable et les cœurs à la crème, ah! les cœurs à la crème! A propos de cœur, là-haut, on entend des éclats de voix. Ne serait-ce pas plutôt du côté de sa femme que Stéphane est allé ? Claire me regarde : elle semble sur des charbons ardents. A son tour, elle se lève.

« Puis-je monter voir ce que fait Bernadette ? » dit-elle.

La maîtresse de maison se contente d'incliner la tête, et Claire quitte la salle à manger. La majorité est donc maintenant à l'extérieur et lorsque Bastien réapparaît avec le plat de morue il regarde avec incrédulité la place vide supplémentaire. Là-haut, la voix de Claire s'est ajoutée à celle de Stéphane. Nous tendons tous l'oreille. Mme de Saint-Aimond se tourne vers Antoine :

« Au point où nous en sommes, peut-être devriez-vous monter voir ce qui se passe », suggère-t-elle.

Notre neurologue-maison n'attendait que ça. Il est déjà dans l'escalier. Nous voici en duo.

« Que cela ne vous empêche pas de vous resservir », dit Mme de Saint-Aimond.

Son visage est calme. Résigné? Elle n'a jamais dû se révolter, cette femme-là. Jamais dû crier autrement qu'en elle-même. Qu'est-ce qu'elle pense de tout cela? Que ferait-elle si on lui demandait son avis? Et pourquoi ne le donne-t-elle pas? « Dans la famille, ce sont les mâles qui font la loi, ça va changer », a dit Bernadette. Sa belle-mère pourrait y mettre du sien. N'est-ce pas aussi de son fils et de son mari qu'il s'agit? J'ai la révolte au bord du cœur. Non merci pour la morue.

Je n'ai même pas entendu le téléphone sonner. Il paraît que c'est pour moi, ma mère. Elle appelle de Montbard comme promis; là-bas, tout va bien. Et ici? Par la porte entrouverte, je peux voir notre hôtesse seule dans l'argenterie, la porcelaine et le cristal. Nous, ça va à peu près : nous en sommes au poisson.

Maman est confuse d'avoir troublé le repas; il est plus de neuf heures et elle le pensait terminé. Chez grand-mère, on s'apprête à éteindre les feux. Chez grand-mère, ce sont les femmes qui font la loi et ça se passe plutôt dans la paix.

Avant de raccrocher et après m'avoir embrassée très fort, très tendrement, maman ajoute : « N'oublie pas ta promesse »... Je n'oublie pas. Je ne pense même qu'à elle en revenant vers la salle à manger où, apparemment, la situation n'a pas évolué : « Ne plus me mêler des affaires d'autrui ».

C'est Rose qui s'en mêle, en bégayant d'indignation devant les cinq places vides et sa morue presque intacte.

« Si mon poisson n'est pas du goût de tout le monde, il faut me le dire, proteste-t-elle. Je l'ai pourtant cuit dans le lait et laissé dessaler tout le temps nécessaire.

– Ce n'est pas votre morue qui est en cause, dit Mme de Saint-Aimond. Il s'agirait plutôt d'une histoire de poneys. »

Rose sort dignement. C'est alors que le fou rire me prend. J'en pleure. Et voici que la mère de Stéphane part elle aussi et, en la voyant rire ainsi, de tout son cœur, toute sa poitrine, je comprends que ce rire peut être une arme, une liberté. Et ce soir, entre son mari et la femme de son fils, c'est ainsi qu'elle donne son avis. Et je le partage.

Elle se redresse, essuie ses yeux du coin de sa serviette.

« Vous voudrez bien nous excuser, Bastien, mais cette situation est tellement absurde.

– Je suis d'accord avec madame, répond le vieux gardien. Mais pour la morue, si je peux me permettre, il faut que mademoiselle Cécile sache que dans la famille de ma femme, ils étaient tous marins-pêcheurs. Ils allaient la chercher jusqu'au Saint-Laurent et la mer mangeait sa part d'hommes. Alors, si ma Rose voit qu'il lui en revient, elle aura l'impression que les siens, la mer les a gardés pour rien. »

On lui en laissera malgré tout! Stéphane n'a pas plus faim au retour qu'à l'aller. Antoine a terminé et Claire a beau faire un effort méritoire, elle doit avouer forfait : d'autant que comme dessert il y a de la compote meringuée et que si elle en voit revenir, cette fois on peut être sûrs que Rose rendra ses tabliers.

CHAPITRE 30

COMTE DE SAINT-AIMOND

CET homme long et plutôt maigre, dans sa canadienne fourrée, son large pantalon de velours, ses hautes bottes de caoutchouc, cet homme accoudé à la barrière du grand pré, comme les enfants hier, cela ne pouvait être que lui. Et il regardait les poneys.

Ils étaient rassemblés près de la vieille grange où, hier soir, nous avions Bastien et moi porté le foin. Dans la brume lumineuse, ils semblaient irréels et pourtant ils faisaient partie du paysage : ils avaient toujours vécu là, dégusté cette herbe. « Normandie, paradis des chevaux », avait dit hier le conducteur du van.

Hervé de Saint-Aimond ne m'avait pas entendue. Penché en avant, comme fasciné, il suivait chacun de leurs mouvements et moi, je n'avais qu'une chose à faire, m'évaporer. Parce que s'il avait choisi de venir au spectacle à sept heures du matin, la maison endormie et le froid vous gelant les os, ce n'était pas pour être surpris par une des filles Moreau ! Et je me résignais à retourner d'où je venais, sous ma couette, quand des volets ont claqué quelque part, il s'est retourné brusquement et il m'a vue.

Ses sourcils se sont froncés. Son visage était soupçonneux. Je lui ai fait un signe d'amitié. Après avoir hésité, il a répondu : ce n'était donc pas la guerre entre nous. Je suis vite venue près de lui.

« Te voilà debout bien tôt, a-t-il dit.

– En vacances, ai-je expliqué, j'essaie de gagner du temps. Hier, je n'ai pas fermé mes volets pour que la lumière me tire du lit. Du coup, la fenêtre s'est ouverte pendant la nuit et, avec le vent et la mer si près, je me croyais sur un bateau. »

Son visage s'est éclairé.

« Un pied sur terre et un sur mer, en vraie normande! »

Il s'est tourné vers son château. C'était son côté sévère, brique et pierre. Le petit matin l'adoucissait. Son regard l'a parcouru comme une personne et j'ai eu l'impression qu'il lui en voulait.

« Le hasard m'a fait capitaine de ce vieux vaisseau en ruine et, finalement, je lui aurai tout donné. »

Je me suis accoudée à la barrière, près de lui. Il me rappelait un autre homme hier. L'un était marin, l'autre cavalier.

« Crève-cœur aussi avait un château. Il s'appelait « Montorgel », comme lui. Il a été obligé de le vendre. »

Il n'a pas répondu. Nous avons un moment regardé le pré sur lequel la brume fondait, découvrant des verts tendres, des ocres et des ors. Là-bas, ce gris ébouriffé, c'était une ligne d'arbres. Il a tendu le doigt vers eux.

« Es-tu descendue jusqu'à la rivière? Pour toi qui aimes à gagner du temps, ce serait une fameuse occasion. N'as-tu jamais pensé que les souvenirs vous permettaient de vivre doublement?

– A condition qu'ils soient bons, ai-je remarqué.

Parce que si vous partez dans les mauvais, c'est plutôt d'enterrement qu'il s'agit. On y va? »

Nous sommes passés sous la barrière. J'avais déjà vu cette rivière avec Bernadette mais je ne le lui ai pas dit, parce que lorsqu'on fait découvrir à quelqu'un le paysage qu'on aime, un moment il redevient neuf, on en est fier comme si on l'avait créé, on se sent des raisons de vivre.

Oreilles pointées, les six poneys étaient tournés vers nous. Vigilant a donné le signal et ils sont venus à notre rencontre. Je me suis arrêtée pour caresser leur chef qui faisait de fiers mouvements de tête et j'en ai profité pour lui dire ce que j'avais sur le cœur : « Il commandait, d'accord! Mais s'il abusait de son autorité, s'il en profitait pour faire souffrir les autres, ces autres le mettraient à l'index et il serait bien avancé! »

Il me regardait avec ses yeux immenses et émouvants comme ceux d'un enfant qui ne peut comprendre. J'ai rejoint M. de Saint-Aimond qui avait retrouvé son air sévère et, en descendant vers la rivière, je lui ai raconté les amours contrariées de Divine et de Roméo, deux noms prédestinés.

C'était une rivière secrète et rapide sur laquelle toute une végétation se penchait. Au fond, on voyait des pierres, du bleu et du vert, des grottes mystérieuses.

« Cette rivière est à nous? » ai-je demandé.

Il a souri :

« Elle est à nous! Autrefois, nous avions aussi tout ce que tu vois autour, aussi loin que va ton regard. A présent, c'est son chant qui marque la limite du domaine.

– J'y aurais bien fait un petit coup de pêche, ai-je dit. A condition qu'il y ait une bonne âme pour décrocher mes prises, une autre pour les vider et une troisième pour les faire cuire. »

Il s'est mis à rire.

« ... et une Cécile pour les manger, je suppose. Entre Rose et moi, ça devrait pouvoir s'arranger. »

Nous longions le bord de l'eau. Le chemin était une vraie catastrophe; par endroits, des branchages le fermaient complètement et mon pantalon a bientôt été trempé, mes espadrilles n'en parlons pas. Mon compagnon s'est retourné et il a constaté les dégâts.

« Tu n'es guère équipée pour ce genre d'expédition.

– C'est qu'elle n'était pas prévue au programme. Mais je serais plutôt venue nu-pieds que de la manquer. »

Il a souri :

« Merci beaucoup. »

Je me suis arrêtée :

« J'ai quelque chose à vous demander... »

Son visage est devenu méfiant.

« Le « monsieur » ne veut pas passer. Est-ce que je peux vous appeler Hervé?

– Je pensais te le proposer, a-t-il dit d'un air soulagé. Si je ne le faisais pas, c'était de peur d'essuyer un refus! »

Nous avons repris la marche. Ses épaules voûtées me parlaient. Elles me disaient que la vie était un sacré poids, qu'il ne savait plus bien comment la porter et, malgré tout, je ne pouvais m'empêcher de l'aimer. Soudain, dans le pré, nous avons entendu un bruit de galop : un homme venait d'apparaître devant le château, les poneys filaient à sa rencontre.

« Voilà Crève-cœur qui vient faire son boulot, ai-je constaté. Vous n'avez pas à vous en faire, il assume ses responsabilités.

– Il ne manquerait plus qu'il ne le fît pas », a dit Hervé d'une voix indignée.

J'ai été sur le point de répondre, mais je me suis souvenue de ma promesse à ma mère et j'ai repris la marche. Il m'a rejointe.

« Je t'ai connue plus bavarde!

– Avec mes bavardages, j'ai fait assez de dégâts comme ça, paraît-il. C'est pourquoi j'ai décidé de tenir ma langue, quoiqu'en ce qui concerne le commandant de Montorgel, j'aurais à vous apprendre des choses qui vous intéresseraient énormément. »

Je marchais vite. Nous avions maintenant dépassé le pré, Crève-cœur, les poneys.

« Si ces choses se rapportent au complot qui s'est fomenté contre moi, n'ai-je pas le droit de les connaître? »

Je me suis arrêtée :

« Est-ce un ordre que vous me donnez?

– Disons que c'est une demande... pressante que je te fais.

– Alors je vous dirai seulement qu'il a été complètement possédé lui aussi. Bernadette lui a fait croire que vous étiez partant, il a vendu son tableau de maître et maintenant il n'a plus qu'à finir ses jours à l'hospice avec une cirrhose du foie due au pastis. »

J'en avais assez dit. J'ai voulu reprendre ma route, mais il a mis sa main sur mon bras pour m'arrêter. Son visage était incrédule.

« Attends un peu! Voudrais-tu dire que le commandant de Montorgel pensait que j'avais donné mon accord?

– Jusqu'à hier après-midi. Il n'a eu que le tort de se fier à Bernadette. Et si vous voulez savoir, il pense que vous avez eu sacrément raison de refuser. »

Il a cassé la branche d'un petit arbre qui ne lui avait rien fait et a commencé à la réduire en charpie.

« Mais bon sang de bois! Qu'est-ce que vous avez donc dans cette famille à tout vouloir décider pour tout le monde! »

Je l'ai regardé en face.

« La seule différence entre votre famille et la nôtre, c'est que chez vous ce sont les hommes qui décident pour tout le monde tandis que, chez nous, c'est les femmes. On laissait l'hôpital à mon père et on se chargeait du reste : les vacances, la voiture, le budget, le toit de *La Marette*, tout. C'était même maman qui faisait la déclaration d'impôts bien qu'à l'époque les femmes n'aient pas le droit de la signer.

– Ton père était d'accord. Moi, je ne l'étais pas!

– C'est pourtant pour vous aussi que Bernadette a fait ça.

– Pour moi?

– Vous ici, Crève-cœur dans son grenier et elle à Neuilly, tous les trois à vous ronger les sangs, elle a voulu arranger ça. Ça a foiré, voilà! On trouvera autre chose. »

Je suis descendue jusqu'à l'eau. Il fallait bien que je la touche, celle-là, avant de la quitter et même si le souvenir risquait d'être plutôt raté. Ce que je ne touche pas s'efface. Si je n'avais pas, un matin, touché avec mon front, mon nez et mes lèvres le cou d'Emmanuel, je n'aurais pas, en y pensant, cette sorte de creux au ventre et le besoin à la fois de chasser ce souvenir et de le raviver.

Elle a filé, glacée, entre mes doigts. Hervé n'a rien dit quand j'en ai bu. Il m'a tendu la main pour m'aider à remonter. J'avais envie de garder cette main. J'avais envie d'un père.

« Est-ce qu'on peut rentrer à la maison, maintenant? » ai-je demandé.

Il a acquiescé.

« Et si tu le veux bien, nous passerons par un autre côté pour ne pas troubler le travail de ton monsieur Crève-cœur. »

J'ai apprécié. Nous avons traversé un champ planté de pommiers : des reinettes. Les arbres étaient bien rangés, à égale distance les uns des autres, tous courbés d'un même côté par le vent. Côté tronc, ils avaient l'air d'avoir cent ans mais là-haut, pour les bourgeons, c'était la folie.

« Ceux-là, je donnerais cher pour les voir au printemps, ai-je dit.

– La neige... le voile de mariée, tous les clichés sont bons.

– Pour le voile de mariée, ça attendra! »

Cela m'avait échappé et j'ai senti mes joues devenir brûlantes.

« Mademoiselle n'est pas pressée? »

Je me suis tournée en direction de la mer. On avait du mal à la croire si près. Je l'ai vue, comme une femme, attirer les marins et les aventuriers.

« Les jeunes filles, c'est un peu comme les pommiers! Certains fleurissent plus tôt que d'autres. Il y en a aussi qui ne donnent pas de fruits, bien qu'ils soient du même terrain que ceux qui en ont plein. »

Il s'est approché. Il m'a prise à bout de bras et m'a regardée de haut en bas. Comme son château.

« Sais-tu que si j'avais été libre, parmi les filles Moreau, c'est Cécile que j'aurais choisie. »

CHAPITRE 31

QUATRE FILLES POUR DIRE « NON »

La troisième fille Moreau, Pauline, la journaliste, son mari écrivain et son fils Benjamin, un gamin surdoué pour les chiffres sinon pour le bonheur, sont arrivés vers quatre heures de l'après-midi avec une cargaison d'œufs en chocolat. Tout le monde avait été compté, même les adultes. Les œufs des enfants étaient énormes, en chocolat de qualité moyenne, bourrés d'animaux de toutes sortes. Les œufs destinés aux adultes étaient petits, mais en qualité extra. Les cloches lâcheraient tout ça dimanche, dans le jardin si le soleil était de la fête, dans la maison en cas de pluie.

Tandis que Paul et Bastien s'occupaient des bagages, Claire a mis Pauline au courant de la situation. Il y avait du changement! A midi, dépêché par le commandant de Montorgel, Bastien était venu annoncer solennellement à M. de Saint-Aimond le départ des poneys pour mardi matin : rendez-vous avait été pris avec le transporteur. M. de Saint-Aimond avait daigné assister au déjeuner où la morue avait fait sa réapparition sous forme de brandade couronnée de croûtons. Rien de neuf du côté de Bernadette, toujours enfermée dans sa chambre.

« Voilà un week-end qui s'annonce sous les meilleurs auspices! » a constaté Pauline.

Benjamin se serrait contre la jambe de sa mère en regardant le château d'un air intimidé et tendant l'oreille vers le grand pré où l'on entendait les cris et les rires de ses cousins. Pauline s'est tournée vers moi.

« Qu'est-ce que tu attends pour l'emmener les voir. Si je comprends bien, c'est maintenant ou jamais. »

Je me suis approchée de mon neveu. Le coiffeur était passé par là, ses cheveux courts le vieillissaient et lui donnaient l'air plus fragile encore.

« Tu te souviens de Germain, lui ai-je dit, le cheval de Bernadette. Eh bien, un poney, c'est un cheval nain. Autrefois, ceux de sa race vivaient dans des pays où ils avaient froid et faim, alors ils sont restés petits avec de très longs poils pour se protéger. Tu viens? »

Il avait l'air intéressé. Il a passé sa main dans ses cheveux. « Moi, le monsieur a mis de l'ordre dans cette tignasse parce que je suis un homme, pas un loup. »

Il m'a tendu la main et je l'ai emmené. Ce qui emplissait ma poitrine était presque douloureux. Je ne l'avais pas revu depuis le jour des équilles. J'avais tellement redouté ce moment, eu si peur qu'il ne m'en veuille. Je sentais en serrant sa main combien la confiance d'un enfant est précieuse et comme, dans la vie, ils vous portent en vous la donnant.

« Cil! Est-ce qu'il y a un roi dans ce château? a-t-il demandé à voix basse, en regardant vers la plus haute des tours.

– Il n'y a plus de rois, ai-je dit. C'est terminé. »

Il a eu l'air à la fois soulagé et déçu. J'avais envie

de lui offrir quelque chose qui le rende heureux pour longtemps. Je lui ai montré le ciel.

« Là-haut, il y a encore un roi, ai-je dit. Et celui-là, on peut toujours courir pour nous l'enlever.

– C'est celui qui fait pousser les pêches sur Gaillard », a-t-il constaté avec satisfaction.

En le voyant, ses cousins se sont précipités, voulant l'emmener tout de suite admirer les poneys. Gabriel n'en pouvait plus d'excitation : « Vigilant lui appartenait », expliquait-il. « Mélanie et Sophie s'étaient partagé Roméo et Divine, il restait donc à Benjamin le choix entre Shampoing, Isabelle ou Mocassin que personne n'avait pris. Et un jour, monsieur Crève-cœur l'emmènerait dans le pré montrer son courage en les caressant. »

Benjamin avait caché ses mains derrière son dos et refusait d'avancer. Quand Gabriel a voulu le tirer, il s'est assis par terre. Rose est arrivée juste à point avec le goûter pour dénouer la situation.

« Madame Stéphane vous attend dans sa chambre, m'a-t-elle dit. Il paraît que vous devez monter tout de suite. »

Les portes-fenêtres de la salle de billard étaient grandes ouvertes sur la cour. Les quatre hommes, Hervé et les Rustines, s'apprêtaient à faire une partie. Ils avaient retiré le tapis de la table et choisissaient leurs instruments. « Tu te joins à nous? » a proposé Paul. J'ai refusé. Dans l'escalier, je me suis arrêtée face aux ancêtres en tenue d'officiers de marine. Ici, c'étaient les mâles qui continuaient à faire la loi. Apparemment, ce n'était pas aujourd'hui que les choses changeraient.

Pauline et Claire étaient assises au bout du lit, Bernadette étendue sous l'édredon, très pâle et les yeux cernés. L'odeur d'ail venait de l'assiette pleine de brandade sur la cheminée. La fenêtre était ouverte et dans tout ce bleu, le clocher de l'église faisait penser à un mât. J'ai pris place à côté de mes sœurs. Bernadette nous a regardées.

« On repart toutes mardi avec les poneys », a-t-elle annoncé.

Claire s'est rebiffée :

« On ne peut pas faire un coup pareil aux Saint-Aimond. Ils nous ont prévues pour la semaine : il y a du ravitaillement pour un régiment et plein de balades en perspective.

– Et les enfants? a dit Pauline. Et les vacances? On leur a promis la mer. Benjamin ne l'a encore jamais vue!

– Vous resterez si vous voulez, moi je rentre à *La Marette* », a tranché Bernadette.

« *La Marette* »... Nous nous sommes regardées toutes les trois : c'était encore plus grave qu'on ne le pensait.

« Avec les jumelles?

– Tu ne penses pas que je vais les leur laisser?

– Et Stéphane? » a demandé timidement Pauline.

Les yeux de Bernadette ont lancé des éclairs.

« Si ce salaud m'avait soutenue, on n'en serait pas là. Je ne peux plus le supporter.

– Tu ne peux pas faire ça, a dit Claire. Tu ne peux pas le quitter comme ça. Il t'aime.

– Réfléchis, a supplié Pauline. Réfléchis encore.

– On pourrait rapatrier les poneys à Heurtebise, ai-je suggéré, et ouvrir le manège là-bas.

– Heurtebise, c'est terminé, a dit Bernadette. Les gens n'y viendront plus. Et c'est Mandreville que je voulais sauver. »

Dans la salle de billard, on a entendu des exclamations. Quelqu'un a applaudi. Bernadette a fermé les yeux. Quand elle les a ouverts, ce n'était plus la colère qui les emplissait, autre chose, la peur?

« Vous avez vu la table de billard? » a-t-elle demandé.

Nous nous sommes regardées : « Pas spécialement. »

« Eh bien, allez l'admirer. Ne perdez pas de temps. Vous n'en avez plus pour longtemps. Il paraît qu'elle est unique. A la prochaine feuille d'impôts, c'est elle qui y passera. Et quand ils auront tout bazardé, il ne leur restera plus que les murs à vendre. Et qu'est-ce qu'ils auront fait pour le sauver, leur château? Rien!

– Et tu crois qu'avec les poneys?

– Les poneys, c'était un début. Une façon de ne pas accepter. Au moins, on faisait quelque chose. On ne restait pas comme ça à attendre la fin de tout. Mais c'était trop demander. La seule personne de mon côté, ici, c'est ma belle-mère, une femme. Il n'y a plus que les femmes pour se battre, les hommes abandonnent. Ils font des discours, prennent de l'estomac et jouent. Vous voulez que je vous dise? Quand je vois ça, moi, j'ai carrément la frousse! »

Elle est retombée sur ses oreillers. C'était bien la peur que j'avais lue dans ses yeux tout à l'heure.

« Moi aussi, j'ai souvent la frousse en ce moment, a dit Claire soudain. Je pense à la paix, la liberté, des choses comme ça, des choses évidentes, je regarde ce qui se passe autour de nous, dans les autres pays, et je me dis que si ça continue, on va tout paumer. Et on ne se sera pas battus non plus.

– Moi, je ne demande qu'à me battre, a protesté Pauline, mais je ne sais pas comment ni contre qui exactement.

– On n'a qu'à commencer par ici, ai-je dit. Par dire " non ", en partant toutes. »

Bernadette s'est redressée et nous a regardées.

Elle avait à nouveau son visage de chef. Dans nos jeux d'enfance, c'était toujours elle qui commandait. Ça continuait! Mais c'était une sacrée partie à gagner, la vie!

« Alors, vous comprenez? a-t-elle dit.

– Bien sûr qu'on comprend, a répondu Claire pour tout le monde.

– Et Crève-cœur, ai-je demandé. Qu'est-ce qu'il devient dans tout ça? »

Elle s'est détournée :

« Lui, il est foutu. Il n'a plus rien, ni personne.

– Il t'a, a protesté Pauline. Tu trouveras bien une autre idée. »

Bernadette a regardé au loin, tout ce ciel que perçait un vieux clocher d'ardoises usées, un vieux cri d'homme.

« J'essaierai », a-t-elle dit.

Sa main, sous l'édredon, caressait son ventre et à ce moment-là il me semble que j'ai deviné quelque chose mais cela a été très fugitif. Parce qu'une voiture entrait dans la cour, la voix de Bastien répondait à une autre voix qu'il me semblait reconnaître mais je ne pouvais y croire, c'était impossible. Pauline courait à la fenêtre, se retournait, me regardait d'un air gêné.

« Avec tout ça, j'avais oublié de te prévenir. Emmanuel était dans le secteur et il avait envie de te voir. Je lui ai proposé de passer. Qu'est-ce que tu voulais que je fasse? »

CHAPITRE 32

UN BATEAU À HONFLEUR

Etroites et vêtues d'ardoises, les maisons se pressent le long du port, au spectacle des bateaux de toutes couleurs que la brise berce sur le vieux bassin. Une lumière fraîche, légère, une lumière d'eau ensoleillée, enveloppe la ville. Tout flotte!

« Celui-là, dit Emmanuel. Comment le trouves-tu? »

Il me montre un bateau minuscule à la coque d'un bleu-mauve particulier, avec un pont bien ciré et une cabine de poupée au volet fermé : *La Pervenche*.

« Il me plaît! Honfleur... il fait partie du bouquet.

– Alors qu'attends-tu pour y monter? »

Je le vois, stupéfaite, s'engager sur la passerelle. Il me tend la main.

« Mais on n'a pas le droit. Il n'est pas à nous!

– Qu'est-ce que tu en sais? »

Je prends cette main, et le rejoins. Il soulève le couvercle du coffre, près du gouvernail, en sort des coussins, s'installe, me fait signe de venir m'asseoir près de lui. Il sourit à mon étonnement.

« Tu vois cet hôtel, dit-il en tendant le doigt vers la ville, le fils du patron est un ami. Avec Pâques, plus une chambre libre! Alors il m'a prêté son bateau pour la nuit. Maintenant, ne me demande pas de t'emmener faire une promenade : j'en serais incapable. »

Sur le quai, des gens se sont arrêtés et nous regardent, envieux sûrement. Nous sommes passés de l'autre côté, le bon, côté mer. Eux sont seulement des terriens. Un bateau de pêche rentre au port, tranquille, tiré par le bruit naïf de son moteur, comme le battement d'un cœur. Emmanuel soupire de bien-être.

« Pour un homme des forêts comme moi, à présent un peu un " homme du désert ", c'est magique, la mer. A la fois l'aventure et le repos. »

J'entends Rose, hier : « La mer mange sa part d'hommes. » C'était d'ici qu'ils partaient pêcher la morue.

« Elle peut être aussi l'ennemie.

– Jamais tout à fait. Une ennemie nourricière, que l'on craint et aime à la fois. As-tu remarqué comme les hommes en parlaient? Comme d'une femme. »

Je sens, sous mon corps, sa respiration. Elle me porte et me berce, elle mêle ses embruns au vent et ondule sous le soleil. Une femme... J'ai aimé la façon dont il a prononcé ce mot, cela m'a émue quelque part. Je le regarde. Il a relevé les manches de son chandail, ses bras sont forts, hâlés. Suis-je vraiment ici avec lui? Ce matin, je longeais une rivière, je traversais un champ de pommiers. Comment est-il possible que rien ne m'ait avertie que quelques heures plus tard il viendrait me chercher. Il y a forcément eu un signe; je n'ai pas su le percevoir.

« Paul a un bateau, dis-je. Et l'été, avec Pauline...

– Non », dit-il.

Il met son doigt sur mes lèvres :

« Tu m'as déjà parlé de Pauline, et de Benjamin, de Claire, de Bernadette, des poneys. Maintenant, toi!

– Moi, rien de particulier! »

C'est parti comme la mitraille. Il rit, se tourne vers moi de façon à me regarder bien en face, ne pas me laisser échapper.

« Ecoutez-la! " Rien de particulier "... Elle débarque chez vous, une belle nuit ou un beau matin, en petits morceaux, mais ce n'était rien! Elle chamboule vos idées, bouleverse votre sommeil, met tout sens dessus dessous mais ça ne compte pas, tout va bien, rien à signaler. »

Son rire m'entraîne. Il a raison. Mon jardin à moi, ma brousse, ma jungle, je n'ai pas envie d'y entrer. C'est sans doute pour cela que je « squatte » le jardin des autres : pour éviter de mettre le nez dans le mien. Assis sur le quai, nu-pieds, un garçon joue de la guitare; les notes courent dans le soleil, vont chercher mon passé, l'ouvrent comme un fruit tombé. Non! Je suis « maintenant », pas hier. Je dois profiter de ce moment fait d'Emmanuel et de moi, de mer, de douceur et de musique. Je ne veux pas attendre demain pour me dire que c'était bien.

« Parfois, dis-je, j'ai du mal à être " aujourd'hui ". Ou plutôt, à profiter du moment présent. J'ai l'impression d'être toujours " avant " ou " après ", jamais " maintenant ", et ce n'est pas confortable du tout. »

Il sourit.

« " Avant ", c'était toi avec tes sœurs, tu étais " l'une des quatre ", dans une famille intacte, paisible. " Pendant ", ça a été plutôt dur à vivre ces derniers temps; et " devant " c'est Cécile, face à elle-même. »

Il prend mes poignets, les serre, me regarde intensément.

« Et “ maintenant ”, c'est nous ici. Et tu sais que je suis venu pour toi, n'est-ce pas? »

Mon cœur cogne : on peut savoir mais ne pas oser y croire tout à fait.

« Je vais bientôt repartir en Afrique, dit-il.

– Déjà! »

Le mot m'a échappé et il sourit. Mais j'aimais le savoir là, même si je ne le voyais pas souvent, me dire que je n'avais qu'un geste à faire pour entendre sa voix, même si je ne l'appelais pas; à l'idée qu'il va partir, je me sens abandonnée.

« Merci pour le “ déjà ”, dit-il. Avant mon départ, je voulais te parler de Tanguy. »

En moi, il y a comme un arrêt. Terminés le bien-être et cette joie qui montait. C'est l'angoisse. Pourtant, ces mots étaient inévitables. Je les attendais.

« Je sais combien tu l'as aimé. Tu m'as dit tout ce qu'il y avait eu entre vous. »

Maintenant, tout de suite, je dois lui dire la vérité; il n'y a rien eu entre nous de ce que je lui ai laissé croire. Je ne suis même plus sûre d'avoir aimé Tanguy. Il était beau, et c'était le premier garçon qui me regardait autrement. Je n'ai pas fait l'amour avec lui. Le jour où il a essayé, j'ai fui. Je n'ai fait l'amour avec aucun homme. Aucun ne m'a même embrassée vraiment. Je veux le dire, mais les mots ne passent pas.

« Tu m'as dit aussi que tu voulais lui rester fidèle, poursuit Emmanuel. Il ne faudrait pas que ce soit par remords. »

Je murmure :

« Pour le remords, je crois que papa m'a guérie. »

Il venait chaque matin dans ma chambre et il

m'expliquait que Tanguy cherchait la mort, qu'il s'était servi de moi, que tôt ou tard il l'aurait trouvée. Si j'ai du remords, c'est de l'oublier si vite. Il s'efface. Mes yeux sont secs lorsque je pense à lui, comme si mon père avait, en partant, en me lâchant, m'abandonnant, pris toute ma peine, toutes mes larmes.

« Ce qu'il y a aussi, dis-je, c'est que souvent je me sens seule.

– Tu n'es pas seule, dit Emmanuel. Je t'aime. »

Il l'a dit. Cet homme m'a dit qu'il m'aimait et le moment, soudain, est suspendu. Je regarde le port et j'en vois chaque détail, ce couple qui flâne, main dans la main, ce touriste coiffé d'une curieuse casquette, cet enfant qui lèche une glace et, là-bas, la fenêtre ornée de fleurs qu'arrose cette femme. Je vois tout très clairement, presque crûment, ainsi qu'une image que je vais perdre. On assure que quelques secondes avant de mourir, comme un projecteur éclaire votre vie présente et passée. Je dois pressentir ce qui va arriver.

« Je t'aime parce que tu es vraie, dit Emmanuel. Parce que tu ne joues pas. Il y a une chose sur laquelle je n'ai jamais transigé, c'est la sincérité. »

Et voilà! Le projecteur s'éteint. Tout est gris. Il n'a jamais transigé. S'il apprend que je lui ai menti, il me rejettera. Je me détourne. Je ne sais si je l'aime, mais je sens cette déchirure qui s'étend. Il prend mes mains, les réunit, les lève vers sa bouche, y promène ses lèvres.

« N'aie pas si peur, ma chérie, écoute-moi, je ne te demande rien. Je le sais bien que c'est trop tôt. »

Et puis il se lève, l'air heureux, léger.

« Et maintenant, moussaillon, que diriez-vous de crevettes et vin blanc sur le pont? »

Nous sommes redescendus parmi les terriens. Il a

passé son bras autour de mes épaules, et nous avons marché dans Honfleur au printemps. A chaque tournant de rue, les murs d'une maison, le clocher en bois d'une église, des lettres à demi effacées au-dessus d'une porte, nous contaient des histoires finies, des souffrances et des bonheurs passés. J'aurais tant voulu pouvoir tout recommencer, rencontrer Emmanuel pour la première fois, être vraie et sincère, ne pas jouer. Ce poids énorme dans ma poitrine, ce regret et, en même temps, à ses côtés, cette douceur, la sensation d'être à ma place, c'était peut-être l'amour. Ni violent ni poignant comme avec Tanguy, mais profond, envahissant. Une certitude : lui.

Nous avons acheté un gros cornet de crevettes tièdes, des praires au goût de noisette, du pain bis, du beurre salé et du vin blanc. Le ciel était sanguine quand nous sommes remontés sur la Pervenche. J'aurais voulu qu'il lève l'ancre et m'emmène de force, très loin, au-delà de moi. Nous sommes descendus dans la cabine à la recherche de vaisselle. Tout était miniaturisé, propre, joli. On ne pouvait faire un geste sans se toucher. Je lui ai demandé : « Est-ce que tu portes toujours ta médaille? » Il s'est retourné vers moi, et il a écarté le col de son chandail pour me la montrer. C'était une médaille de la Vierge. J'ai fermé les yeux : « Aidez-moi. » Et soudain j'ai été contre lui. Il m'a entourée de ses bras et serrée fort, comme je le souhaitais, comme pour m'emmener, puis il m'a écartée, il a repoussé mes cheveux, il a pris mon visage dans ses mains, posé ses lèvres sur les miennes. Il les a ouvertes et pénétrées. Mon cœur battait si fort. Je sentais nous envelopper comme un gigantesque silence. Tu étais le premier et tu ne le savais pas. C'était doux, profond, impérieux aussi. Je n'avais plus de forces.

Ses mains sont descendues sur mes reins pour serrer mon ventre contre le sien. Je l'ai senti. Il a cessé de m'embrasser. Il m'a regardée et, très bas, il a demandé, je crois : « Tu veux? » Son visage n'était plus le même, ce regard, cette expression tendue, presque dure, je les reconnaissais, c'étaient ceux du désir, de Tanguy. J'ai dit « non », puis je l'ai repoussé. J'avais peur, honte, honte de ma peur, peur de mon corps devenu rivière, peur de cet appel contre moi, de ce qu'il allait découvrir, mon mensonge, mon inexpérience.

« Pardonne-moi, a-t-il dit. Je comprends. Je comprends très bien. Moi qui m'étais juré de ne pas te presser. Mais je t'ai sentie si près tout à coup. »

Nous nous sommes installés sur le pont pour dîner. Le jour s'effaçait et le long du quai, aux portes des restaurants, aux mâts des bateaux, s'allumaient des rubans de lumières. C'était beau. C'était fête. Il me racontait son travail, cet autre monde, là-bas, que j'imaginais je ne sais pourquoi comme une prison aux barreaux de soleil et de sable, d'où se tendaient des mains qu'il prenait comme il avait pris les miennes tout à l'heure. Je répondais, je posais des questions mais je n'étais plus vraiment là. J'étais, désespérément, « avant ». C'était si bien quand il m'avait invitée à monter sur ce pont, quand le garçon aux pieds nus nous dédiait sans le savoir les notes de sa chanson, que tout était possible, qu'il n'avait pas encore prononcé le nom de Tanguy, ni le mot « sincérité », oui, si bien!

Tard dans la nuit, il m'a raccompagnée à Mandreville.

« Tu te souviens, quand je t'ai raconté qu'en Afrique tu me rendais visite le soir? Je te connaissais à peine alors mais cela ne m'empêchait pas de rêver à toi, sans bien comprendre ce qui m'arrivait :

un petit bout de femme en drôle de chemise de nuit qui m'ordonnait de la guider... »

Il voulait savoir s'il pouvait continuer à m'ouvrir sa porte quand il serait retourné là-bas, s'il y avait une chance que je vienne un jour l'y rejoindre, pour apprendre à ses côtés à vivre le temps présent. Je ne devais pas lui répondre tout de suite. Il fallait que je réfléchisse. Demain après-midi, avant de repartir pour Paris, il passerait me voir à Mandreville. Tout ce qu'il me demandait c'était un mot d'espoir. Il ne voulait pas rêver pour rien.

CHAPITRE 33

CLOCHES DE PÂQUES

Ce matin, dimanche de Pâques, après trente-six heures de chambre, gâteaux secs et cacahuètes salées, Bernadette est descendue prendre le petit déjeuner avec nous. Tout le monde était là, une majorité en robe de chambre. Elle, elle était habillée, elle portait même ses bottes et pendant quelques secondes j'ai cru qu'elle venait nous annoncer son départ.

On avait dit aux jumelles que leur mère était malade et elles avaient eu très peur qu'elle meure. Dès qu'elles l'ont vue apparaître, elles se sont jetées tête première sur son ventre avec cette façon qu'ont les petits d'essayer par tous les moyens de retourner là d'où ils viennent. Bernadette a joué les affolées :

« Deux, c'est trop, ça ne tiendra jamais. »

Elle s'est accroupie, les a réunies sous ses yeux et a dit :

« J'ai appris que les cloches passaient ce matin avec des œufs en chocolat, est-ce qu'à votre avis, c'est vrai? »

Les jumelles, secondées par leurs cousins, ont hurlé leur avis : Les cloches passeraient à midi, on les entendrait sonner.

Benjamin a ajouté, sans remarquer les signaux de détresse que lui adressait Pauline, que Rose et Bastien auraient aussi leurs œufs, ils étaient sur la liste mais il ne fallait pas le leur dire pour qu'ils aient la surprise.

« Il est fou celui-là, a déclaré Gabriel, avec mépris, les cloches n'ont pas de listes, monsieur. Elles savent les noms par cœur. »

Bernadette est venue dire bonjour à chacun, puis elle s'est installée devant son bol que Stéphane avait rempli de café noir. Elle a mangé des œufs au bacon et plusieurs tartines de miel. A la fin du repas, comme nous débarrassions la table, je l'ai entendue annoncer à Mme de Saint-Aimond que nous repartirions toutes mardi avec les poneys. Elle l'a dit sans agressivité et sa belle-mère n'a fait aucun commentaire.

« Tu te rappelles... papa? » demanda Pauline.

Il est presque midi et nous achevons de cacher les œufs sur la pelouse où l'été, on prend le café et les bains de soleil à l'abri des regards indiscrets. Buis, pins, premiers bouquets de pervenches, les cachettes sont nombreuses et variées. Pauline-au-cœur-tendre laisse dépasser partout des bouts de ruban, des morceaux de carton rose.

« Il ne mangeait jamais son œuf... il le cachait dans un tiroir et quand on avait fini les nôtres, il le sortait triomphalement.

– Ça énervait maman.

– On l'appelait « père pélican ».

– Si vous bavardez au lieu de faire les cloches, on n'aura jamais terminé à temps », avertit Bernadette finement.

Elle, elle voit haut et perche les dons du ciel : arbre de judée, thuyas, sapins. Ça vaut mieux, paraît-il, que ma prédilection pour les endroits tordus, monticules de taupes ou trous de lapins. Chacun ses goûts!

« Tu sais que, moi aussi, je m'en voulais pour papa, poursuit Pauline en enfonçant un œuf dans un cotonéaster qu'aurait adoré celui dont nous parlons, lui qu'un beau vert, un vert profond aidait, assurait-il, à respirer.

– Comment cela?

– Cette histoire avec Paul, ce voyage dans le Jura, je me disais que ça n'avait pas dû l'arranger non plus, qu'il n'y avait pas eu que cette histoire de Tanguy. »

Mes yeux croisent les siens et je reçois le message : on n'en parlera plus. Les cloches sonnent à toute volée.

« Voilà la meute, avertit Bernadette, garez vos abattis. »

Ils déboulent, suivis par les adultes dont certains – les mieux habillés – reviennent de la messe. Bernadette assure avoir vu tomber dans les environs d'énormes grêlons bruns à l'odeur délicieuse. Quand tout le monde est là, on donne le signal du départ.

Gabriel travaille dans le désordre, cherchant à couvrir l'ensemble du terrain, éparpillant ses efforts. Mélanie et Sophie opèrent sans se lâcher la main, plus occupées à rire nerveusement qu'à chercher. Benjamin œuvre avec méthode, marchant sur la pointe des pieds, comme sur des œufs, c'est le cas de le dire. A chaque découverte, ils hurlent de joie et viennent, non sans inquiétude, déposer leur trouvaille dans le panier autour duquel les parents s'extasient.

« Dommage qu'il n'y ait pas les « œufs-punition », soupire Claire, nostalgique.

C'était à Montbard. Là-bas, les cloches passaient

dans le potager. On cherchait les œufs au creux des salades nouvelles, sous de vieux choux, aux pieds des groseilliers. Sans oublier les arrosoirs qui faisaient des cachettes idéales. Henriette mêlait toujours aux « bons » de faux œufs remplis de crottes de lapin séchées. Ils étaient, disait-elle, destinés aux enfants désobéissants. Elle avait renoncé le jour où Bernadette, par orgueil, avait commencé à dévorer le contenu du sien.

En attendant, le dernier œuf est introuvable! Les « quatre cloches » comme remarque aimablement Paul, ont oublié où elles avaient pondu et, à l'enthousiasme des petits, les adultes se mettent en chasse. Guidé par Hervé, c'est Benjamin qui le trouve, sous le chandail de Pauline, oublié dans l'herbe. Rouge de fierté, il vient l'ajouter dans le panier. Le compte y est : 16.

Je me charge de la distribution, par ordre d'âge et en montant. Soulagement de la marmaille quand elle constate que les gros lui étaient destinés. Les hommes prennent leur œuf d'un air un peu gêné, comme si, en eux, l'enfant se moquait. Antoine ne trouve rien de mieux que de jouer au ballon avec. Mme de Saint-Aimond remercie les généreuses donatrices. Rose et Bastien n'en reviennent pas d'avoir été comptés. Tout le monde est servi. Il reste un œuf dans le panier.

« C'est celui de M. Crève-cœur, annonce Benjamin. Il était aussi sur la liste, mais pas les poneys.

– Il est fou ce mec-là, dit Gabriel. Comme si Vigilant mangeait du chocolat. Les poneys mangent de l'herbe, monsieur, de la pierre à sel et ils ne sont pas des jouets.

– Merci, monsieur le maître de manège », plaisante son père.

Mme de Saint-Aimond regarde Bernadette. Elle prend l'œuf dans le panier, le lui tend.

« Vous le remettrez au commandant de Montorgel. »

Ensuite, tradition oblige, on va à la ferme goûter le cidre nouveau. C'est le moment : le coucou a chanté trois fois et la lune est comme il faut. Sur la grande table de bois, les bouteilles, les bols, des assiettes de gâteaux. Le cidre râpe le palais. Les enfants ont droit à une ou deux gorgées. « Ça pique », se plaint Sophie en fermant fort les yeux. Gabriel en redemande pour faire le faraud. Hervé est venu près de moi. Il passe la main sur la grande armoire ornée de colombes et de roses de bois sculpté.

« Sais-tu qu'ici, l'armoire faisait partie de la noce? »

Bastien ne se fait pas prier pour raconter. A la naissance de Rose, le père de celle-ci a abattu un chêne en prévision du mariage de sa fille. Le bois a mûri et séché comme il faut : pendant ce temps, les femmes préparaient le trousseau. Dès que Rose a été promise, le menuisier a commencé la fabrication du meuble. Les colombes représentent l'amour, les roses indiquent par leur profusion que la famille de la mariée était aisée. Quelques jours avant la noce, on a transporté l'armoire dans la maison de la future mariée, on l'a emplie de son trousseau et les invités ont pu venir compter les draps, les serviettes et les nappes. Elle n'a pas bougé depuis. Le linge est encore bon.

« C'est qu'à l'époque, on faisait du costaud! » remarque Rose tout émue en se tournant vers son mari.

Il se tient bien droit à ses côtés, l'air tranquille de celui qui a rempli son contrat. Le silence tombe. Stéphane regarde vers Bernadette qui, devant la ferme, dans le soleil, aide les enfants à ouvrir leurs paquets. Du costaud... Je croise le regard de Mme de Saint-Aimond. Nous pensons la même chose, je le sais. Pour eux, est-ce en train de finir au bout de cinq ans à peine? Comme un linge de mauvaise qualité, une armoire au rabais. Je termine mon verre de cidre. Quelque chose gonfle dans ma poitrine. Moi, je veux un amour sans accrocs et sans compromis, qu'on ne soit pas obligé un jour de feindre ou de réchauffer. Je veux un bateau solide qui fasse tout le voyage. Un bateau...

« Le voilà! hurle Gabriel. C'est lui. »

Nous sortons dans la cour. Gabriel court vers la grille que vient de franchir Crève-cœur.

« Je devrais être jaloux, dit Antoine. C'est la passion. »

Voyant tout ce monde aux abords de la ferme, le maître de manège s'est arrêté, comme pris en faute. Bernadette retient son souffle. Elle aussi a manqué de sincérité et de courage. Elle attend le verdict.

Bastien se tourne vers M. de Saint-Aimond :

« Nous nous sommes permis d'inviter le commandant de Montorgel à souper avec nous, dit-il. Pour un jour de Pâques... »

Il soutient le regard d'Hervé. La générosité, c'est lui! Hervé cherche sa femme des yeux. Mais elle n'est plus là. Elle marche vers Crève-cœur, vers celui qui, sans son manège, ses chevaux et ses espoirs, n'est plus qu'un vieux monsieur en costume de ville, cravate et mocassins. Elle lui tend la main. La générosité, c'est elle!

« Va lui donner ça, vite... » dit Bernadette d'une voix brouillée à Mélanie.

Le paquet sur son cœur, Mélanie court, suivie par Sophie et par Benjamin. J'embraie. Crève-cœur regarde sans comprendre le présent qu'on lui tend.

« C'est ton œuf, explique la petite fille. Le nôtre est plus gros parce qu'on est petits.

– Les cloches sont tombées sur la pelouse, renchérit Sophie, même les grandes personnes ont cherché.

– Ce n'est pas les parents qui les ont cachés, dit Benjamin, certainement pas les parents, mais les mamans marquent les noms sur un papier pour qu'elles oublient personne.

– Il est fou ce type-là, dit Gabriel, depuis quand les cloches ont des yeux? »

Crève-cœur regarde les quatre visages levés vers lui.

« Et vous croyez que vos cloches ont pensé à un vieux bonhomme comme moi? »

Les quatre crient que oui, leurs regards sont lumineux : ils veulent des cadeaux, du miracle et de la joie pour tout le monde. Ils ne sont pas à l'âge des couteaux et des bombes, l'âge des attentats, du sang, de l'indifférence.

« Du calme, la cavalerie! ordonne Crève-cœur en prenant ses airs redoutables et les enfants se taisent aussitôt. On va examiner ça. »

Il ouvre le carton, en sort l'œuf en chocolat.

« Ma foi, c'est pourtant vrai, dit-il. Et on dirait bien que ça se mange! »

Puis il relève les yeux. Bernadette est là, toute pâle, à quelques pas, le fixant, attendant l'ordre ou le rejet.

« Et il aura fallu que je vienne ici pour que les cloches se souviennent de moi, dit-il sans la quitter des yeux. Voilà plus de cinquante ans qu'elles avaient oublié de me servir. Et qu'est-ce que tu attends, toi là-bas, pour venir y goûter avec moi? »

La générosité, c'est lui!

CHAPITRE 34

LES CHÂTEAUX DE SABLE

BENJAMIN regarde la mer. Il serre fort nos mains, celle de Pauline, la mienne, et tend son visage vers la masse mouvante qui, là-bas, explose et se répand. Son expression est avide et presque douloureuse. Benjamin découvre la vie, dans sa violence et sa beauté.

Paul regarde Benjamin découvrir la mer. Ce n'est plus l'écrivain ou le journaliste à la recherche de la phrase juste, de l'émotion, c'est le père de ce tout petit en proie à l'émotion. Paul regarde ce frêle navire face à la vie et son visage à lui aussi est douloureux.

Pauline regarde Paul, l'homme qu'elle a voulu et qui lui a donné l'enfant. Elle regarde le père découvrant l'enfant et son visage est celui de l'amour et du don, malgré tout.

Je regarde cet univers liquide et bruissant d'où il paraît que nous venons, cette eau, ce sel et cette force dont notre corps porte chacun des éléments. Je me perds dans ce mouvement, j'accepte qu'il efface un à un les êtres et les choses. J'accepte? Pour l'instant.

« On a le droit d'en rapporter quelques-uns à la maison? » interroge Benjamin.

Il a lâché nos mains et, accroupi, regarde sans

oser les toucher les présents de la mer : coquillages, algues, débris de crustacés.

« Tous si tu veux, dit Pauline. Tout est à toi! »

Alors il plonge les mains dans le sable, le prend à pleines poignées, le laisse couler entre ses doigts, rit de bonheur et d'émerveillement. Oui, tout cela nous appartient! Hier, sur le port d'Honfleur, un garçon le disait avec sa guitare. Nous sommes propriétaires à vie de cette beauté, ces bleus, ces ocres, ces verts, ces odeurs aussi et nous ne cessons de l'oublier.

« Qu'est-ce que tu dirais de tremper tes pieds dans la mer? » propose Paul à son fils.

Benjamin regarde ses pieds minuscules, puis la mer, puis sa mère.

« Il faut croire les grandes personnes, dit-il d'une voix inquiète. Elles, elles savent.

– Elles savent que la mer ne te mangera pas, dit Pauline en riant. Allez-y, les hommes. On vous suit. »

Nous les regardons s'éloigner, Benjamin tenant la main de Paul qui, sans sa canne et ses chaussures, paraît fragile. Benjamin a l'habitude d'un père qui boîte et adapte son pas. Nous nous asseyons. Pauline entoure ses genoux relevés de ses bras, y pose le menton.

« Le professeur Chalain lui a fait passer des tests, dit-elle soudain. En ce qui concerne certaines matières, il a quatre ans d'avance, rien que ça!

– Quatre ans! Qu'est-ce que vous allez faire?

– Le but, c'est qu'il ne s'éteigne pas. En France, ces gamins-là sont plutôt mal vus. Rien n'est prévu pour eux. Chalain essaie d'organiser un groupe. Il l'y prendra.

– Qu'en dit Paul?

– Il est fier, bien sûr. Mais il a peur de la casse. Il sait ce que c'est que de n'être pas comme les autres. »

Elle se tourne vers moi :

« Il paraît qu'il était grand temps de s'en occuper. Tu nous aideras?

– Je voudrais bien, mais comment?

– En l'aimant. En l'aimant beaucoup. Tel qu'il est. »

Là-bas, un tout petit garçon s'est baissé pour ramasser quelque chose qu'il montre à son père. Puis ils reprennent leur marche. Il y a du monde. Normal, c'est Pâques et il fait exceptionnellement beau. Un peu partout, des gens jouent au ballon. Il faudra apprendre à ce petit garçon exceptionnel que le jeu aussi est important, l'aider à trouver sa place parmi les autres. Je m'étends sur le sable où l'hiver est encore enfoui. Pauline me regarde.

« Et avec Emmanuel, ça se passe comment?

– Je crois que je lui plais. »

Elle rit :

« Comme tu dis ça! C'est tellement catastrophique? »

... ses bras m'ont entourée et d'abord il m'a gardée contre lui sans bouger. Puis ses lèvres sont venues sur les miennes et, en appuyant il les a écartées. Quand j'y repense quelque chose s'éveille dans mon ventre. Puis ses mains sont descendues sur mes reins, je l'ai senti dur contre moi, j'ai vu son regard et j'ai eu peur...

« J'ai fait une connerie, dis-je.

– Ça m'aurait étonnée, soupire Pauline. Raconte!

– Je lui ai dit que j'avais couché avec Tanguy, que ça avait été l'extase. »

Elle rit :

« L'extase, rien que ça! En général, on cache plutôt ses aventures, toi, tu t'en inventes. Qu'est-ce qui t'a pris?

– Je ne sais pas. Je suppose que j'ai voulu m'empoisonner la vie.

– Si ça t'empoisonne, qu'est-ce que tu attends pour lui dire la vérité?

– J'ai essayé. Je n'ose pas.

– Alors lance-toi, saute le pas, il s'en apercevra bien! »

Je me redresse et la regarde. Son joli visage qui fait fondre tout le monde, son corps fin, son ventre plat, ses jambes qui n'en finissent pas : « Ça ne t'a jamais effleurée qu'on puisse avoir peur de faire l'amour, être dégoûtée, tout ça? »

On ne parle que des filles qui commencent au berceau, se gaspillent, se dispersent et se blasent. Et les autres? Celles qui n'osent pas, celles qui végètent, pas toujours par vertu, qui voudraient bien et ne peuvent pas, un pas en avant et deux en arrière, qui se disent qu'elles n'aiment pas assez, craignent d'attendre trop, de ne jamais trouver, de ne pas le sauter, ce pas, celles-là, elles n'existent pas. Elles ne font pas partie de « la jeunesse, aujourd'hui... »

Le regard de Pauline a filé vers l'horizon : elle, elle n'avait que dix-sept ans, il s'appelait Pierre et il peignait la mer.

« Le dégoût, ça passera quand tu aimeras. La peur? Peut-être, mais tu l'offres avec le reste et, en un sens, ça fait partie du plaisir. »

Le voilà, celui-là. Etalé à la une des journaux, en gros plan sur les écrans, dans les cours des spécialistes, pesé et disséqué comme la chair sur l'étal du boucher, le plaisir fou, je ne dis pas le mot, tout le monde connaît, il finit comme fantasme. Et vous êtes au pied de ce mur de paroles, d'images et de cris, vous vous dites : « Est-ce qu'il saura, mon corps? Est-ce qu'elle aimera assez, ma tête? Vais-je le connaître ou non, le truc en « asme », et vous voudriez que votre père soit là pour vous pousser, comme il le faisait quand vous étiez sur le point de savoir nager, de tenir seule sur le vélo, vas-y,

maintenant, tu peux, allez, hardi. Mais les pères vous faussent compagnie sans avoir terminé le boulot et le mien n'aura pas connu l'homme avec qui je vivrai un jour le grand chambardement – si je le vis – il n'aura même jamais prononcé son prénom; et de le penser, ça me tue.

« Est-ce que tu l'aimes? demande Pauline.

– Quand je m'imagine sans lui, c'est le vide.

... Mais quand je suis avec lui je panique. Les larmes montent. Je me lève. Toute la nuit je me suis posé la question. Si je l'aime, je dois lui parler. Si je ne l'aime pas, adieu. Adieu? J'ai mal. Je cours vers le paysage qui, là-bas, ne cesse de naître et se reprendre. Le vent me mord le visage, il me dit la mer, mais aussi une forêt du Jura, les fleurs et les fruits à venir, la nature qui s'éveille, se fend, se dilate, explose, la nature en « asme » sous le soleil. On est peut-être riche de tout cela, mais la beauté brûle quand on ne la partage avec personne. Emmanuel... Qu'est-ce que j'ai fait?

– Mais arrête-toi, crie Pauline, tu es folle ou quoi? Et tu pourrais au moins m'aider... »

Je m'arrête. Elle n'a pas assez de mains pour tout porter, les chaussures, le chandail de Benjamin, la canne de Paul, pas assez de cœur pour contenir tous ses amours, ses joies et ses peines, quelle chance elle a!

Ils ont fait un château de sable fortifié d'algues, décoré de coquillages et entouré de douves.

« Après, on fera l'église et peut-être les poneys, dit Benjamin tout rose d'excitation et de joie.

– Vous n'aurez jamais le temps, dit Pauline. La mer est presque là. »

Benjamin se retourne, la regarde qui pousse ses vagues à quelques mètres, se rapproche de son père.

« Si tu veux, on va mettre tout ça dans le coffre de la voiture; et en avant mauvaise troupe!

– On ne peut pas emporter le sable, explique Paul. Regarde. »

Un petit morceau de tour fond entre ses doigts.

« La mer efface tout sauf les bateaux, dis-je. Et encore faut-il qu'ils soient costauds.

– Alors, la prochaine fois, on fera un bateau costaud », décide Benjamin.

En attendant, on va défendre le château. C'est le but de l'opération, pour cela qu'on les construit : défier l'inévitable, le temps, et, parfois, aussi les autres qui en sont jaloux et y envoient des coups de pied ou des ballons. Nous nous y mettons tous. Des gens se sont arrêtés pour nous regarder. L'écume crépite dans les douves, les tours s'affaissent doucement, les coquillages filent avec les vagues, les murs s'arrondissent, la dernière algue est balayée, c'est fini, tout est lisse, rentré dans l'ordre et les gens ont l'air contents, c'est la vie.

Benjamin serre les lèvres.

« J'aime pas la mer, dit-il. On peut pas l'arrêter.

– Il parle bien cet enfant, remarque une femme. Il a quel âge?

– Quatre ans », répond Pauline.

Elle l'a dit de façon agressive et les promeneurs s'éloignent, mécontents. Il faudra apprendre à accepter Benjamin tel qu'il est, sinon comment s'accepterait-il?

Cinq heures sonnent à l'église d'Houlgate. Et soudain, en moi aussi les vagues déferlent. Je les sentais venir depuis un moment, je sentais crouler une à une mes défenses, les mots que je me suis répétés toute la nuit, les excuses que je me donnais, les rêves. L'angoisse me balaie. Qu'est-ce que j'ai fait?

« Je voudrais rentrer, dis-je.

– Ça ne va pas? »

Je secoue la tête : non, ça ne va pas! Pourquoi suis-je venue ici avec eux? Pourquoi leur ai-je demandé de m'emmener? Emmanuel a dit « Je passerai dans l'après-midi. » Il n'attendait qu'un mot d'espoir.

Sa voiture n'est pas dans la cour. Au salon, Claire joue aux échecs avec Bernadette. Bernadette a l'air sombre. Parions qu'elle perd. Plus mauvaise joueuse, il n'y a pas. Elle triche, reprend ses coups, vous culpabilise. Il faut qu'elle gagne, partout, toujours. Il paraît que Gabriel a voulu faire goûter son œuf à Vigilant. Vigilant l'a apprécié : il n'en a fait qu'une seule bouchée. Les œufs des jumelles ont suivi le même chemin. Pauline hésite entre le rire et l'indignation : « Bien la peine de m'être donné tout ce mal pour choisir. »

Je demande :

« Rien de spécial pour moi?

– Ton ami est passé, dit Claire. Il a eu l'air déçu de ne pas te trouver. »

J'évite le regard effaré de Pauline. Eh bien oui, j'ai fui. Elle ne savait pas? C'est tout ce que je suis fichue de faire : fuir ou rêver.

« Il n'a pas laissé de message?

– Si! De te dire adieu pour lui. Il part? »

Il part! Il s'éloigne sur ce bateau où il voulait m'emmener, où, dans ses bras, j'aurais peut-être appris à accepter le mouvement de la mer et du temps, la destruction inévitable des châteaux de l'enfance et la mort des pères. En Afrique, qu'il appelle « là-bas » avec une lumière dans les yeux, il me fermera désormais sa porte. Je l'ai perdu. Et le silence qui soudain m'emplit, cette solitude, m'apprend que je l'aimais.

« Chapeau, dit Pauline. Tu as gagné! »

CHAPITRE 35

LES PUR-SANG

IL revenait du grand pré où il avait fait travailler les poneys, prenant comme d'habitude par les allées afin d'éviter les abords du château, quand il vit le maître des lieux, un panier au bras, penché sur l'herbe, pas très loin de l'endroit où les cloches étaient passées la veille. Il allait rebrousser discrètement chemin lorsque Hervé de Saint-Aimond se redressa et lui fit signe d'approcher.

« Connaissez-vous le pissenlit " croc de lion "? demanda ce dernier.

Il tira de son panier, pour le lui montrer, une touffe de pissenlit à feuilles très découpées, ornée de fleurs jaunes.

« C'est celui-ci. A la cueillette, vous pouvez le confondre avec le pissenlit ordinaire mais croyez-moi, dans votre assiette, vous voyez la différence! L'ordinaire, qui a des feuilles arrondies, est dur à la dent et amer. J'ai appris à le reconnaître pendant la guerre. Nous en faisions une grande consommation.

– Chez nous, dit Crève-cœur en se baissant pour déraciner un pissenlit « croc de lion » et le jetant dans le panier, c'était surtout l'ortie blanche qu'on cherchait. On la mangeait en soupe, avec une ou deux patates quand on en avait.

– Aujourd'hui, avec des patates tièdes et du lard frit, le pissenlit est devenu de la gastronomie, remarqua Saint-Aimond.

– Il n'en est pas encore de même pour l'ortie blanche », dit Crève-cœur.

Ils se mirent à rire. A présent, ils marchaient côte à côte, fouillant l'herbe du regard, à la recherche du pissenlit « croc de lion ».

« J'ai entendu parler du château de Montorgel par un mien cousin, dit Hervé de Saint-Aimond. On y chassait à courre, je crois?

– Les chasses de mon père étaient réputées, dit Crève-cœur en se redressant, mais ce qu'il aimait par-dessus tout, c'était le cheval. Nous sommes depuis toujours une famille de cavaliers et, voyez-vous, c'est une passion dont on ne se défait pas facilement.

– Comme celle de la mer, remarqua Hervé de Saint-Aimond. Si je vous disais que tous mes ancêtres étaient marins. Personnellement, j'ai beaucoup déçu mon père le jour où j'ai choisi de faire carrière dans le droit.

– Mon père aurait souhaité me voir réussir dans les affaires, expliqua Crève-cœur. Ainsi aurais-je pu, selon lui, sauver notre château. Mais la seule école qui m'intéressait était celle de Saumur, le Cadre noir. Et nul, jusqu'ici, n'y a fait fortune.

– Fortune... soupira Saint-Aimond. Voyez-vous, toute la mienne réside désormais dans ces murs. »

Ils s'étaient rapprochés du château. A cet endroit, il y avait un banc de pierre qui permettait d'admirer l'ensemble du paysage. Ils y prirent place. Crève-cœur regardait vers le pré et Saint-Aimond en direction de la mer.

« J'avais une jument de pur sang, belle et sauvage, raconta le cavalier. Elle n'acceptait d'être montée que par moi. Quand je venais la voir, elle posait sa tête sur mon épaule comme l'aurait fait une femme. Sans doute est-ce la seule qui m'ait aimé.

– Souvent, le soir en m'endormant, je pense à mon bateau, dit Hervé de Saint-Aimond. Il était à la fois léger et rapide. A la moindre brise, il frémissait comme une monture prête à foncer. Je le menais où je voulais. »

Ils se regardèrent et se mirent à rire.

« Finalement, constata Hervé, le marin sur son bateau, le cavalier sur son cheval, c'est un peu la même chose, n'est-ce pas? »

Crève-cœur acquiesça :

« Tous deux vont de l'avant! Si le cavalier possède la technique, s'il aime et respecte sa monture, ils finissent par former un couple.

– Si le marin sait utiliser la force du vent, ajouta Saint-Aimond, s'il connaît son bateau et sait le manœuvrer sans lui en demander trop, eux aussi forment un couple. Qu'est devenue votre jument?

– J'ai dû l'abattre, dit Montorgel. Elle était malade, d'une drôle de maladie moderne qu'on n'a pas très bien comprise. Et votre bateau?

– Je l'ai vendu il y a trois ans, dit Saint-Aimond. La maladie moderne s'appelle le fisc. »

Ils ne virent pas tout de suite les visiteurs : un couple et deux enfants qui hésitaient près de la grille. Ceux-ci aperçurent, sur le banc de pierre, les deux hommes qui devisaient et ils s'approchèrent.

« Sommes-nous bien ici au château de Mandreville? demanda le père de famille.

– Je n'en connais point d'autre dans les environs », répondit Saint-Aimond.

Son interlocuteur regarda, au pied des hommes,

le panier plein de pissenlit dont il ignorait sûrement qu'il s'agissait du « croc de lion ».

« Pensez-vous qu'il soit possible d'en rencontrer le propriétaire? poursuivit-il.

– C'est à quel sujet? » interrogea Saint-Aimond.

La femme prit alors la parole :

« Nous avons appris qu'un manège de poneys allait s'ouvrir ici, dit-elle. Nous sommes intéressés pour les enfants et voudrions connaître les conditions. Ce serait pour cet été. »

Au mot « poneys », Crève-cœur s'était raidi. Il se leva, regarda Hervé de Saint-Aimond dans les yeux :

« Croyez bien que je n'y suis pour rien, monsieur », dit-il.

Il inclina légèrement la tête, et s'éloigna d'un pas rapide.

« Commandant de Montorgel! » appela Saint-Aimond.

Le nom « commandant », adressé à cet homme vêtu en paysan plongea la famille dans le brouillard. A qui avaient-ils affaire? Les enfants regardaient avec crainte celui qu'on avait appelé de ce nom militaire et qui, droit comme un i, s'était arrêté au milieu de la cour.

« Voulez-vous revenir s'il vous plaît », dit Saint-Aimond.

Ce fut à ce moment-là que surgit Bastien. Il regarda les visiteurs avec sévérité, indigné qu'ils se soient ainsi introduits sur son territoire.

« Monsieur le comte a-t-il besoin de mes services? interrogea-t-il.

– Merci non, Bastien, dit celui-ci. Tout va très bien. »

De plus en plus éberluée, la petite famille regardait, devant son panier de pissenlit, celui auquel on avait donné le titre de comte. Crève-cœur avait fait demi-tour. Saint-Aimond le leur désigna.

« C'est monsieur qui se chargera du manège. Pour tous renseignements, adressez-vous à lui. »

Tout cela, moi, je ne l'ai appris que plus tard et par sources variées. Hervé m'a raconté comment le plus grand des hasards l'avait placé, ce lundi de Pâques, à dix heures, sur le chemin de Crève-cœur. Crève-cœur m'a expliqué que le marin et le cavalier étaient faits de même étoffe, mus par un désir identique d'aller de l'avant, mais qu'ils pouvaient l'un et l'autre oublier un moment ce désir et que cela ressemblait à la mort. C'est par Bastien que j'ai appris comment les premières inscriptions au manège de Mandreville avaient été prises ce matin-là.

Serait-ce les cloches de Pâques qui nous les ont offertes ou plutôt trois garçons rencontrés sur une plage lors d'une pêche aux équilles? La seule chose sûre et certaine c'est que ce sont les pur-sang, les chevaux et les bateaux, qui ont réuni les deux hommes et emporté la décision.

CHAPITRE 36

LA VOLONTÉ DE VOULOIR

Il a dit qu'il voulait tout le monde au salon, tous les adultes, immédiatement, et comme la plupart étaient éparpillés dans la nature, il a demandé à Gabriel de sonner la cloche.

Elle était accrochée au mur du château, haut placée, faite pour être entendue du bout du domaine qui, autrefois, comptait plus de cent hectares. Rose disait que par vent bien orienté, une oreille fine pouvait la percevoir de la mer. On l'utilisait avant chaque repas; en dehors de cela, on ne l'avait sonnée que deux fois, l'une pour avertir le père d'Hervé – aux prises avec la truite de sa vie du côté de la rivière – que son fils arrivait au monde plus tôt que prévu; l'autre, le jour de la déclaration de guerre : ce jour-là tout le village avait répondu à l'appel et s'était retrouvé dans la cour de Mandreville.

Aujourd'hui, lundi de Pâques, il n'était que onze heures du matin, la paix régnait sur la patrie, aucune naissance à l'horizon et nous nous demandions bien en entrant dans le salon ce qui nous y attendait. Le soleil pénétrait à flots par les portes-fenêtres, faisait tourbillonner les poussières du passé, extirpait les odeurs des boiseries, des tapisseries, du sol dallé, rajeunissait tout ça comme d'un coup de balai. Dehors, autour des forsythias en fleur, on entendait bourdonner le printemps et des odeurs de matelote envahissaient la cour. C'était bien. C'était chaud.

Hervé était debout devant la cheminée, entre deux trophées de chasse. Lorsque toute la famille a été là : les quatre sœurs, les trois Rustines, la maîtresse de maison, il a déclaré qu'il manquait encore quelqu'un. Nous nous demandions de qui il s'agissait quand Crève-cœur est entré. Il s'était changé, ce n'était ni la tenue de paysan, ni celle de citadin, il était en noir et blanc, en fils de Saumur, en impressionnant. Hervé lui a désigné un fauteuil, et il a enfin commencé à parler.

Il a dit qu'il détestait les messes basses, les cachotteries et ragots de couloirs, que ça n'arrêtait pas ici depuis trois jours, que puisque nous étions tous au courant de ce qui s'était tramé contre lui et contre cette demeure, il allait régler les choses en public, une fois pour toutes, et ceux qui auraient une remarque à formuler étaient priés de le faire en face et non derrière son dos.

Puis il s'est tourné vers Bernadette. Il l'a regardée droit dans les yeux et il lui a annoncé qu'il cédait. Elle allait pouvoir ouvrir son sacré bon dieu de manège, transformer ce château en écurie et ceux qui y habitaient en palefreniers ou jardiniers d'enfants. Oui, il cédait... provisoirement.

Bernadette était devenue écarlate. Elle s'est levée et elle a eu un mouvement de tout son être en avant, vers son beau-père, mais il l'a arrêtée d'un geste. Surtout pas de remerciements! Ce n'était pas pour elle qu'il s'inclinait : ses caprices, il n'avait rien à en faire. Et qu'elle ne s'imagine pas non plus qu'il se soumettait au chantage. Il n'aurait pas attendu la retraite pour commencer. Il cédait pour trois rai-

sons : sa femme d'abord, qui menait depuis vendredi une guerre d'usure, le suppliant d'offrir à sa belle-fille une période d'essai. Pour Stéphane ensuite, qui paraissait s'être rallié aux désirs de Bernadette. Pour Crève-cœur enfin, lui-même victime du complot.

La victime s'est alors levée et elle a déclaré d'une voix digne et offensée qu'elle ne voulait en rien peser sur une décision aussi grave : elle avait pris ses dispositions, inutile de s'inquiéter de son sort.

« Je vous en prie, mon vieux, ne me compliquez pas la tâche, a dit Saint-Aimond. Et puis n'oubliez quand même pas que vous venez de prendre deux inscriptions pour juillet. »

Cela a fait son petit effet et Bernadette a encore changé de couleur : deux inscriptions? Sans plus d'explication, Saint-Aimond s'est à nouveau tourné vers elle. Il lui donnait six mois pour réussir. En octobre, on ferait les comptes, tous les comptes, ceux du bruit, de la gêne et des dégâts aussi. Si le bilan était positif, il s'inclinerait, sinon, elle pourrait rembarquer poneys, lubies et utopies. Il n'avait rien à ajouter.

Le silence est tombé. Il nous avait tourné le dos pour allumer un cigare, lui qui n'en fumait que le soir. Il avait parlé en juge, presque durement, mais moi je voyais l'homme aux épaules courbées à côté duquel j'avais marché l'autre matin, l'homme fatigué, l'homme bon; et puisque personne ne se décidait, j'ai dit « Merci, Hervé ». En m'entendant l'appeler par son prénom, Bernadette, qui ne s'y était jamais risquée, et Claire, qui est pour le respect dû à l'âge et au rang, m'ont regardée comme si j'avais perdu l'esprit, mais Hervé s'est retourné et il m'a répondu : « Toi, tu y es peut-être bien pour quelque chose aussi », et ça les a calmées.

Puis Stéphane s'est levé. Lui, il paraissait surtout

triste. Son père avait parlé en juge, il l'a plutôt fait en accusé. Il a dit à Bernadette qu'en ce qui le concernait, il cédait bel et bien au chantage. Il n'ignorait pas qu'entre les chevaux et sa personne, Bernadette préférait ces derniers. Aujourd'hui, il s'agissait de poneys; il n'avait pas lieu de s'en féliciter, mais comme il tenait à elle et ne voulait pas la perdre, il se rendait. C'était tout ce qu'il avait à dire.

« Tu te fiches complètement dedans, mon vieux, a répondu Bernadette. Mais alors complètement, jusqu'au trognon. »

On en a tous eu le souffle coupé. Stéphane capitulait. A sa façon, il venait de lui dire qu'il l'aimait, et voilà comme elle le traitait? Bernadette a posé la main sur son ventre et il y a eu à nouveau, en moi, cette sorte de déclic qu'on appelle plus tard une prémonition. « Pourquoi parler de préférence? a-t-elle demandé. Au nom de quoi les femmes n'auraient-elles pas droit, elles aussi, à une passion en dehors des enfants et de leur mari? Lui avait-elle jamais reproché son amour débordant pour ses foutus dossiers? Avait-elle jamais pensé qu'ils lui volaient quelque chose à elle? »

Stéphane a voulu intervenir mais elle ne l'a pas laissé.

« Si je ne tenais pas à toi, moi aussi, a-t-elle poursuivi d'une voix indignée. Si je te préférais les chevaux, peux-tu me dire pourquoi je t'aurais fabriqué un fils? »

Un fils? Là, on a tous été foudroyés. Aux dernières nouvelles, on ne leur connaissait que des jumelles. Ce n'était un secret pour personne que Stéphane rêvait d'un héritier, son père n'en parlons pas : il en était malade! Rien que des filles et le nom s'éteignait, le titre itou, les armoiries, la lignée, bref, c'en était fini pour l'arbre Saint-Aimond. Bernadette a dit « un fils », la foudre est tombée, mais pas sur moi. Je savais! Ce geste vers son ventre, c'était bien pour s'assurer d'une présence, pour protéger quelqu'un.

Il y a eu deux coups frappés à la porte. Nous nous sommes tous retournés. Après les récents événements, rien ne pouvait plus nous surprendre, on était prêts à tout. Mais ce n'était que Bastien. Il n'a pas eu un regard pour la nombreuse assemblée, il a traversé le salon comme si la maîtresse de maison s'y trouvait seule, ravaudant ainsi que de coutume, avant le déjeuner, le linge de maison qui tenait bon mais ne rajeunissait pas pour autant. Il s'excusait de la déranger, mais Rose avait besoin, pour corser sa matelote, d'une goutte de vieux calva. Pouvait-il prendre la bouteille dans le bar? L'autorisation accordée, il est ressorti avec le breuvage sans regarder autour de lui : cela s'appelle la discrétion.

« De quel fils voulais-tu parler? a chevroté Stéphane qui émergeait doucement.

– Du nôtre, idiot : le tien et le mien. Comment pouvais-je te l'annoncer puisque depuis que j'ai décidé d'ouvrir ce manège, tu ne m'adresses plus la parole?

– Et... il... il... est pré... prévu pour quand? a demandé Saint-Aimond avec une diction indigne d'un homme ayant exercé durant plus d'un quart de siècle la profession d'avocat.

– La date de votre ultimatum : octobre, a répondu Bernadette.

– Et vous... vous êtes sûre que c'est un gar... un gar... un garçon? a interrogé le même sans progrès d'élocution.

– Selon une récente invention de la science, il en présenterait nettement les avantages... et les inconvénients. »

Quelques rires sarcastiques et défensifs ont couru

du côté des beaux-frères. Bernadette les a arrêtés d'un regard furibond : elle n'avait pas terminé. Elle s'est levée, s'est approchée de son beau-père et lui a dit qu'elle ignorait où et comment vivrait son petit-fils sur cette sacrée bon dieu de planète qui foutait le camp de partout faute d'hommes pour dire « non » et se défendre un peu contre ceux dont le but avoué était de tout faire sauter. Mais elle espérait bien lui offrir entre ces murs des super-racines qui lui permettraient de monter haut, contrairement à ceux qui rasaient le sol en essayant de ne pas se faire remarquer, surtout pas, danger! D'ailleurs, elle ne voyait pas pourquoi il n'aurait pas, lui aussi, un jour son portrait dans l'escalier, en uniforme ou non, le futur comte de Saint-Aimond.

Elle n'avait plus l'air en colère; elle avait, comme l'autre jour, l'air d'un soldat, mais fatigué. Sa voix s'est faite plus sourde encore. Si son beau-père considérait comme un caprice ou une lubie son intention de sauver la baraque, alors elle préférait abandonner tout de suite et demain elle rembarquerait la troupe; parce qu'une autorisation accordée du bout des lèvres, à contrecœur et sans y croire, ça ne l'intéressait pas. Ils allaient avoir besoin de lui, Crève-cœur et elle, de sa confiance, de leur certitude à tous que l'affaire réussirait. Sans confiance, c'était fichu d'avance. L'abandon, ça commençait le jour où on prononçait le mot « utopie » pour ne pas avoir à lutter et où l'on commençait, dans sa tête, à transporter son lit ailleurs au lieu de défendre ses murs. Et elle, elle ne souhaitait qu'une seule chose à son fils : la volonté, la volonté de vouloir, c'est tout, on pouvait passer au suivant.

Le suivant, ou plutôt la suivante, a été Mme de Saint-Aimond. Elle est venue embrasser Bernadette, elle a dit : « Ma petite fille, vous m'ouvrez des horizons », et dans le sourire de la Cavalière, nous avons vu, Claire et moi, les marins de l'escalier. C'était parti pour le changement.

« Finalement, a conclu Stéphane en prenant place à côté de sa femme qui était retombée sur le canapé, même mon fils, tu l'auras fait derrière mon dos!

– Nous l'avons fait ensemble, fin décembre, à *La Marette*, a dit Bernadette.

– ... *La Marette* », a murmuré Pauline. « Décembre? » a repris Claire... On peut perdre son père et faire un enfant.

Tout le monde s'était levé et parlait à la fois. Si quelqu'un était entré, il se serait demandé quelle fête c'était. Il ne manquait que le champagne. Les Rustines échangeaient des recettes sur la meilleure façon de prendre les filles Moreau, surtout jamais quatre à la fois. Près de la cheminée, le marin et le cavalier se partageaient le territoire, mi-poneys, mi-pommiers.

Et puis il y a eu la voix d'Antoine :

« Ça ne va pas? »

Sur le canapé, Bernadette était pliée en deux.

« C'est sûrement les cacahuètes, a-t-elle gémi. Je le savais. Je ne bouffe que ça depuis trois jours. »

Stéphane était déjà là, prenant Antoine à la gorge, le conjurant de faire quelque chose sur-le-champ. Antoine l'a écarté avec le plus grand calme. Il s'est penché vers Bernadette.

« Montre-moi où tu as mal? »

Bernadette a appuyé les deux mains sur son fils.

« Par là...

– Depuis longtemps?

– Un moment. Ça doit être aussi l'émotion.

– C'est tout à fait possible, a dit Antoine avec entrain. Au lit! On va t'examiner. »

Bernadette a grimacé :

« Inutile de te réjouir, ce ne sera pas toi qui t'en chargeras.

– Il ne manquerait plus que cela, s'est indignée Claire. Si tu crois que je le laisserais...

– Tant que ça ne sort pas de la famille », ai-je remarqué.

Le docteur est venu d'Houlgate dans la soirée et, après examen approfondi, il a prescrit à la Cavalière une immobilité complète. Elle devrait probablement garder le lit plusieurs semaines.

Elle protestait, parlait poneys, hongres et entiers, transformation des écuries, dressage et obstacles. Le médecin n'a rien voulu entendre : il lui fallait choisir entre son manège et le petit cavalier qu'elle se préparait à mettre au monde, qui ruait déjà dans les brancards et qui, s'il ressemblait à sa mère, promettait d'être une sacrée tête de mule.

Crève-cœur a déclaré qu'il s'occuperait du fonctionnement, et elle de la paperasse. De toute façon, leur affaire ne pouvait que marcher ou c'était à désespérer du destin : n'avait-il pas découvert dans le secteur un village nommé « Crève-cœur » et une rivière appelée « la Vie »?

Je me souviens que Paul faisait une drôle de tête. Il a remarqué : « La vie... elle vaut parfois tous les romans du monde. »

Je crois avoir répondu que j'étais bien d'accord et que, puisqu'il en était ainsi, un jour, comme Pauline, je l'écrirais!

CHAPITRE 37

« VAS-Y! »

ASSIS contre le mur de l'hôpital, près du portail, le front sur ses genoux relevés, le visage caché, il y a depuis deux jours un garçon. Il a tracé autour de lui un cercle à la craie et il y a écrit : « Je n'ai rien. » Les gens accélèrent en le voyant. On ne sait pas... s'il est vrai qu'il n'a rien, si c'est sa faute ou si ce sont les autres qui ont tracé le cercle autour de sa vie. La seule chose certaine c'est qu'il n'a pas chaud. « En avril, ne te découvre pas d'un fil. » Lui, c'est à peine un fil qu'il a sur le dos et s'il se met en boule c'est peut-être pour se protéger du froid autant que de la honte.

J'ai demandé à maman si je pouvais disposer des vêtements de mon père, les sacro-saints du fond de l'armoire, dans l'entrée. J'en avais l'usage et cela aurait plu à son mari, elle pouvait en être sûre. Maman a hésité. Elle a fini par me les abandonner à condition de ne pas s'en mêler.

J'ai compris pourquoi en ouvrant le sac. L'odeur m'est montée au nez, à la gorge, au cœur. Il a vraiment été là, le docteur Moreau! Bien plus que sur ses photos, ou dans mes souvenirs : odeur de terre – la retraite, pour les vêtements, c'était le jardinage – odeur de tabac à pipe, odeur de laine mêlée de lui. J'ai pris le meilleur pantalon, un pull, sa vieille veste de daim et une chemise dont on avait coupé les manches. J'en ai fait un paquet, je l'ai attaché sur le porte-bagages de ma mobylette et je l'ai déposé dans le cercle, près du garçon. J'avais envie de lui dire : « S'il te plaît, prends-les, porte-les! » En les acceptant, c'était lui qui me ferait un cadeau.

Marie, la jeune accidentée, est toujours là, chambre six, étage trois. Ses parents ont disposé autour d'elle les objets qu'elle aimait : un ours râpé à force d'avoir servi, des photos, des livres, des cassettes. J'ai à peu près les mêmes à la maison. On ricane sur mon vieil ours, on pleure sur celui de Marie. Elle aurait pu être moi. Un membre de sa famille vient chaque jour lui parler, lui faire la lecture, lui mettre de la musique. « On ne sait jamais, m'a dit son frère en serrant fort les mâchoires. Imagine qu'elle entende, même un peu, mais ne puisse nous le dire... » Suspendue au cou de Marie, il y a une médaille de la Vierge. Sans Dieu pour la soutenir, sa mère dit qu'elle serait devenue folle depuis longtemps.

Et si Dieu existait par le besoin qu'on a de lui? S'il était ce besoin, l'élan vers le haut que je sens souvent en moi, les mâchoires serrées du frère de Marie, la lueur d'espoir de sa mère. Alors, il s'appellerait « la vie ».

Ce soir, je suis allée voir ma petite sœur captive d'elle-même. L'heure des repas était passée. Ensuite, l'hôpital entre dans le sommeil même si dehors le soleil continue à briller pour tout le monde. Je me suis assise à côté de son lit et je lui ai dit que c'était le printemps. Un printemps qu'on avait longtemps espéré et qui avait explosé d'un coup, créant le miracle partout du jour au lendemain. A la maison, les forsythias avaient déjà laissé place aux azalées pourpres; on marchait le nez en l'air dans le vert tendre des arbres et, en revenant de Normandie, j'avais vu frissonner contre le bleu du ciel les lacs dorés du colza en fleur et c'était tellement la jeunesse, le renouveau, que j'avais eu le cœur serré.

Pourtant, côté atmosphère, je lui ai raconté que ce n'était pas la joie, plutôt la déprime généralisée. Les spécialistes étudiaient le problème, y trouvaient des tas de grandes raisons alors qu'il leur aurait suffi de lire un peu profond dans le regard des gens pour comprendre. Ils ne savaient plus comment croire ni à quoi. On leur avait raconté trop d'histoires, monté en mayonnaise trop de faux bonheurs et comme on avait par la même occasion cassé les fils qui les tiraient, ces lumières lointaines qu'on appelait « valeurs », qui vous donnaient envie de bouger, d'aller vers du meilleur, ils faisaient du sur place. Ils traçaient le cercle autour d'eux comme le garçon sur le trottoir. Dès qu'on croyait à quelque chose de costaud, même si on se trompait, ça changeait tout, voir Bernadette!

Une infirmière est passée. Tout allait-il bien? Tout allait, merci. Marie respirait. Rien ne manquait à l'inventaire : yeux, nez, oreilles et bouche. Il n'y avait que le jus qui ne passait plus. Plus on la regardait, moins on pouvait croire que ça ne reviendrait pas un jour. Il existait sûrement un mot, un son, un choc, qui rétablirait le courant. On aurait voulu être Dieu pour tourner le bouton. Encore Lui!

J'ai dit à Marie qu'un homme m'aimait. Je pensais l'aimer moi aussi mais j'avais tout gâché par lâcheté. Depuis un certain soir, sur un bateau, j'avais l'impression de gaspiller la vie, de perdre mon temps sur le mauvais chemin. C'était certainement d'un bel égoïsme de lui parler ainsi à elle dont le chemin était la nuit ou presque, mais devant un malade ou un mort, on pense forcément à soi, tout le monde est d'accord même si personne n'ose le dire; et la seule chose qui compte est d'être prêt à donner si on vous demande, et j'étais prête.

Je la choisissais comme amie! Celles qu'elle avait eues parlaient d'elle au passé, moi, elle serait la mienne maintenant, telle qu'elle était et j'agirais en conséquence. Je viendrais la voir régulièrement, je la tiendrais au courant et, dehors, j'essaierais de respirer pour elle, de regarder pour elle et, si je le pouvais, d'aimer aussi pour elle.

Sur ses joues, soudain, j'ai vu deux larmes rouler. J'ai eu une peur épouvantable, je suis sortie dans le couloir et j'ai hurlé : Marie pleurait, Marie entendait, elle cherchait à me dire quelque chose. L'infirmière est accourue. Je lui ai montré les traces. Elle a pris, sous l'oreiller, un mouchoir et les a essuyées. Je ne devais pas me mettre dans cet état. Ce n'était pas la première fois. Depuis huit jours, presque quotidiennement, des larmes coulaient des yeux de Marie; cela ne voulait pas dire qu'elle souffrait. C'était plutôt bon signe.

Il était sept heures du soir quand j'ai repassé la grille. L'air était lourd d'odeurs, de soleil couchant, de nuit tiède à venir. Le garçon n'était plus dans le cercle, les vêtements de mon père non plus. A leur place, il y avait un gribouillis : le mot « merci »? Mais j'invente sûrement, j'ai une fâcheuse tendance à rêver; il y a en moi des carrés de colza en fleur qui poussent en toute saison. Ce serait encore mieux si ne poussaient à côté l'ortie, la broussaille et certains champignons vénéneux que je cultive depuis l'enfance.

En attendant, le blouson de mon père entamait une seconde carrière sur les épaules de quelqu'un et ça, c'était bien. On ne m'ôtera pas de l'idée que dans ce que l'on a beaucoup porté, regardé ou aimé, on laisse quelque chose de soi, une sorte de force qui attend d'être reprise, et qu'il le veuille ou non, j'avais collé de l'amour sur le dos de ce garçon.

J'ai vu les larmes de Marie. En moi est montée une voix. Elle m'a dit que je n'avais pas le droit de gâcher la vie. Marie m'a crié : « Vas-y. »

CHAPITRE 38

UNE ÉCOLE, UN MARRONNIER

J'AI pris RER et métro. Plus de printemps là-dessous, sauf en factice, sur les murs. J'ai couru sur l'avenue qui menait à « sa » rue. Ne pas réfléchir, monter, tout dire. Mon cœur battait fort. Je l'ai laissé se calmer devant l'école, « son » école, mes yeux levés vers le huitième étage, la baie où gonflait un voilage : il était là, je pouvais y aller!

Quelque chose a voleté sur mes pieds, l'écume blanche et rose des fleurs du marronnier. Je me suis retournée. Le portail de l'école était entrouvert et on pouvait voir l'arbre, énorme, envahissant toute la cour de son feuillage. Les enfants devaient bien s'amuser avec lui : batailles de marrons, feuilles découpées en dentelle. Je me suis glissée dans la cour et j'ai posé la main sur son tronc. Tout au long de ma vie, des arbres se dressaient, sauvages ou apprivoisés, le « Président » dans le Jura, « Gaillard » à *La Marette* et maintenant lui, ici.

C'était l'heure du ménage dans les classes. Les portes étaient ouvertes, on entendait un bruit d'aspirateur. Emmanuel m'avait dit : « J'ai une école, une cour, des récréations. » Il m'avait montré les bancs, les tables et les tableaux. Tout à l'heure, je les regarderais à nouveau avec lui. Tout à l'heure?

J'avais très peur mais je l'ai fait : je suis entrée dans la classe la plus proche, qui sentait le livre, la craie, la poussière, l'enfance et, sur le tableau noir, j'ai inscrit son nom en lettres énormes : Emmanuel. Il n'en reviendrait pas!

J'ai pris l'ascenseur cette fois. Je parlerais dès qu'il ouvrirait : « Je t'ai menti : Tanguy et moi, rien! Moi et un homme, jamais! » Puis je l'emmènerais sur son balcon, je lui montrerais son nom et il entendrait les mots que je ne pouvais pas prononcer à voix haute. Il me prendrait dans ses bras. Puisqu'il saurait, je le laisserais faire ce qu'il voudrait; j'aimerais, j'espère.

Il y a eu un pas, un tour de clef, la porte s'est ouverte, les mots étaient prêts sur mes lèvres, je les ai refoulés, ce n'était pas Emmanuel. En face de moi, dans la petite entrée, se tenait un homme avec des lunettes et une barbe. Dans le studio, étendue sur le canapé, une femme lisait.

J'ai bredouillé :

« Je ne suis pas chez le docteur Duplessis?

– Mais si, vous y êtes, a dit l'homme avec un sourire. Seulement, il est parti. Nous occupons son appartement pour quelques mois.

– Parti? »

C'était impossible. Je refusais d'y croire. S'il était parti, qu'allais-je faire? Où irais-je? Vers qui?

« Voulez-vous entrer une minute? »

Il s'est effacé pour me laisser passer et il a refermé la porte derrière moi. Il me regardait d'un air interrogateur. J'ai murmuré :

« Je ne savais pas qu'il s'en irait si vite. Nous nous sommes vus il n'y a même pas huit jours.

– Il est allé passer quelques jours en famille avant de s'envoler pour l'Afrique », a expliqué l'homme.

L'espoir est revenu, si violent qu'il m'a fait mal.

« En famille? A Pontarlier?

– Pontarlier, c'est cela. »

Je suis entrée dans le salon. Je reconnaissais chaque chose : ce tissu africain au mur, cette table basse et cette plante grasse. J'avais tout écrit en moi. Sur le canapé, la femme s'est redressée pour me regarder. Elle m'a dit « bonjour » d'une voix étonnée. J'ai répondu. Je suis allée jusqu'à la baie et je me suis penchée. On ne voyait plus les classes. On ne voyait, dans la cour de l'école, que le toit vert du marronnier piqué de chandelles blanches et roses et cela devait être étonnant, lors des récréations, d'entendre monter dessous les cris et les rires des enfants.

« Est-ce que vous voulez boire quelque chose? »

Je suis rentrée dans le salon :

« Merci, je n'ai pas soif. »

L'homme était plus âgé qu'Emmanuel. Il devait être médecin lui aussi. Je trouve qu'ils ont une autre façon de regarder. Il me regardait comme si rien ne pouvait l'étonner. Sur le canapé, la femme avait refermé son livre. Je me suis adressée à lui :

« Savez-vous quand il part?

– Lundi prochain.

– Et il doit repasser par ici?

– Je ne le pense pas. »

La femme s'est levée, elle est venue près de son compagnon et elle a posé la main sur son bras.

« Puis-je avoir son adresse à Pontarlier? ai-je demandé.

– Nous ne l'avons pas. »

C'était elle qui avait répondu et j'ai su qu'elle mentait. D'ailleurs, lui, s'était détourné. Ils ne me donneraient pas cette adresse. Ils ne me connaissaient pas et je pouvais être une importune, quelqu'un qu'Emmanuel ne désirait pas voir. C'était fréquent, à *La Marette*, du temps de papa. Des personnes qui le poursuivaient et pour lesquelles il ne pouvait rien. Maman répondait qu'il n'était pas là. Elle appelait ça, je ne sais pourquoi, un « mensonge pieux ».

« Je suis une amie, ai-je insisté. A Pâques, il est venu jusqu'en Normandie pour me voir. Je suis sûre qu'il serait d'accord pour l'adresse. »

Je m'enfonçais. Je le voyais à leurs visages. Plus j'en dirais et plus ils se méfieraient. J'ai compris ceux qui cassent parce qu'on ne les entend pas. J'avais envie de crier qu'Emmanuel m'aimait : ici même, il m'avait prise dans ses bras, il m'avait demandé de venir un jour le rejoindre en Afrique, moi, oui, moi! Mais ils ne me croiraient pas. Ils n'auraient qu'à me regarder.

Je me suis dirigée vers l'entrée. L'impuissance m'étouffait, je les détestais, elle surtout. Et puis cette adresse, je pourrais l'avoir par Béa, ou par Martin. Je n'aurais qu'à demander à Pauline de m'aider, ce serait facile. L'homme m'a rejointe, et il a posé sa main sur mon bras.

« Ne vous sauvez pas comme ça! Emmanuel doit nous appeler ce soir. Voulez-vous que nous lui disions que vous êtes passée? Nous pouvons lui faire une commission? »

Je me suis retournée et je l'ai regardé, si calme, apparemment tellement à l'aise.

« Mais qu'est-ce qu'il se passe...? » a-t-il murmuré.

Ce qui se passait, c'est qu'à cause d'eux, de leur regard, je n'arrivais plus à croire, moi non plus, à ce qu'Emmanuel m'avait dit. A nouveau, j'étais sûre qu'il s'était trompé et ne pouvait m'aimer et, au fond, je ne leur donnais pas tort.

J'ai demandé :

« Etes-vous certain qu'il appellera?

– Sûr et certain! Alors, qu'est-ce que je lui dis? »

J'ai fermé fort mes paupières et, dans l'eau qui

brûlait, j'ai vu les sapins mouillés du Jura. Je me suis arrêtée près du « Président » et j'ai entendu mon père ordonner à Pauline : « Bats-toi. » Une chose curieuse avec les pères : plus ils sont loin, moins on peut les toucher et plus l'écho de leurs paroles résonne fort.

« Vous lui direz que je serai demain soir à Malbuisson : l'hôtel des Terrasses. Je m'appelle Cécile. »

CHAPITRE 39

ENTERRER L'HIVER

VERS la fin avril ou en mai, ça dépendait du temps, mon père offrait à ma mère un gros bouquet de fleurs, de préférence jaunes ou rouges : « Pour enterrer l'hiver », disait-il. Maman retirait les cendres de la cheminée et elle y mettait le bouquet dans le pot de cuivre évasé qui nous vient de grand-mère.

Aujourd'hui, on avait enterré l'hiver à *La Marette*. Les hautes flammes d'une brassée de genêts avaient remplacé les bûches dans la cheminée.

« Un cadeau de Grosso-modo, m'a appris maman. Je n'aurais jamais imaginé qu'il y penserait. A propos, il a une surprise pour toi, paraît-il. Moi, je n'ai pas eu le droit de savoir. Il faudra que tu passes chez lui demain.

– Demain, je pars pour le Jura, ai-je annoncé. Quelle gare c'est? »

Les yeux de maman se sont agrandis; elle a avalé sa salive en faisant du bruit.

« La gare de Lyon, je suppose... Emmanuel? »

Là, c'est elle qui m'a eue.

« Comment le sais-tu?

– Je sais qu'il est de là-bas : Pauline m'a parlé de lui. »

Ayez un secret dans une telle famille! Je lui ai volé Rami qui se prélassait sur ses genoux. Je me suis installée avec lui sur le tabouret de Pauline, devant la cheminée, l'hiver frais enterré et je lui ai expliqué qu'Emmanuel allait repartir pour l'Afrique. Nous nous étions manqués à Mandreville, j'avais des choses importantes à lui dire, elle devait me laisser y aller et surtout ne pas se faire de souci pour moi parce que les craintes des mères, c'est contagieux, ça paralyse les filles qui n'ont vraiment pas besoin de ça.

« Et où devez-vous vous retrouver? a-t-elle demandé, ce qui était de bonne augure pour la suite des événements.

– A Malbuisson. Là où on est descendus avec papa, au bord du fameux lac. »

Elle a baissé les yeux et tourné autour de son doigt l'alliance de son mari qu'elle avait fait mettre à sa taille.

« Je me demandais justement ce qu'aurait dit ton père... »

Quand elle parlait de lui, elle avait toujours cette grosse voix : les mots passaient mal. Moi, maintenant, je pouvais en parler avec une voix normale. Pourtant, cela ne faisait que trois mois et demi, une centaine de jours. J'ai eu honte de guérir si vite!

« Je crois qu'il aurait dit : « Vas-y. »

– Peut-être t'aurait-il accompagnée?

– J'aurais refusé. Il serait temps que je me débrouille toute seule, tu ne trouves pas? A presque dix-neuf ans. »

Elle a souri pour me dire que oui. J'ai eu chaud et, tirés par ce sourire, les mots sont montés comme à mon insu.

« Tu sais, j'avais peur de faire l'amour.

– Et maintenant?

– J'ai encore peur... »

Elle a avancé la main vers moi, soi-disant pour caresser Rami qui a frissonné partout :

« Mais quelque chose a changé, c'est ça?

– Ce qui a changé, c'est que j'ai décidé de le faire. Faut y aller! »

Sa main s'est immobilisée.

« D'après les statistiques, plus des deux tiers des filles ont sauté le pas à mon âge, ai-je continué. Je te rappelle que tes trois aînées sont dans le lot.

– Et après? a demandé maman. Tu es toi. Elles sont elles.

– C'est bien le malheur : je suis moi... Après, on se bloque. »

Dehors, il y a eu un aboiement. Rami s'est précipité à la fenêtre pour faire comprendre au passant qu'il empiétait sur son territoire. Ils ont discuté un moment dans le même langage puis l'intrus s'est éloigné, son altesse s'est calmée et elle est revenue s'installer sur la personne de confiance qui lui donne son riz, sa viande hachée et ses vitamines.

« Qu'es-tu en train de me demander, a interrogé maman. De te dire : « Vas-y » pour cela aussi? »

Ma gorge s'est serrée :

« Je ne sais pas. Je voudrais peut-être que tu me dises que ça peut bien se passer. »

Il y a eu un silence. Au cœur des genêts, Grosso-modo avait ajouté une tige de « monnaie du pape » aux fleurs violettes et cela changeait tout : l'œil ne savait plus où s'arrêter.

« Est-ce que tu l'aimes? » a demandé maman.

... Chaque nuit, avant de m'endormir, je posais ma tête sur l'épaule de cet homme, je respirais son odeur et comme une certitude m'envahissait : c'était là ma place. Tout à l'heure, quand je ne l'avais pas trouvé chez lui, je n'avais plus su où aller, vers qui.

« J'en ai bien l'impression, ai-je dit.

– Regarde-moi un peu. »

Son visage sérieux m'a paru vieilli. Ça change tout quand elle sourit. Etais-je cruelle? Il y a un instant, je parlais de l'amour à Marie qui peut-être ne l'avait jamais fait : maintenant, j'en parlais à elle qui ne le ferait sans doute plus jamais.

« Vois-tu, ce qui compte c'est le don. Ne pas donner seulement son corps, se donner l'un à l'autre, tout entier. Dans ce cas, c'est mieux que bien, c'est fantastique.

– Et mettons que ça soit fantastique pour la tête et pour le cœur, ai-je dit, mais pas pour le reste, ce que tu appelles le corps. »

Elle a eu l'air plutôt surprise mais apparemment elle a compris.

« On parle beaucoup de ce... « reste » comme tu dis. Sache que faire l'amour, ça s'apprend aussi et qu'il ne faut pas trop compter, dès la première fois, sur l'éblouissement. »

J'ai tenu à la rassurer tout de suite :

« Pour l'éblouissement, ne crains rien, j'en ai fait mon deuil depuis longtemps. D'après les mêmes statistiques, plus de soixante pour cent des femmes ne le connaissent jamais et, apparemment, ça ne les empêche pas de vivre. »

Alors elle s'est mise à rire et j'ai adoré ça. Elle a tendu le doigt vers moi et elle a fait ce geste qu'elle faisait souvent avec papa, quand c'était à son tour de le protéger, une caresse du bout du doigt, le long de la joue, comme pour le lire par cœur.

« Ne fais surtout ton deuil de rien, ma chérie. Commence par l'amour et par la tendresse, le reste viendra. »

Ma poitrine s'est alourdie : la peur que ça ne vienne pas, l'espoir que ça viendrait.

« Tu crois?

– J'en suis même certaine », a dit maman.

Je me suis levée. Je lui ai ordonné de rester là encore un peu. Demain, elle aurait tout le temps de se reposer puisque je serais dans le Jura. J'y serais, n'est-ce pas? J'ai volé jusqu'à la cuisine et j'ai fait l'inspection du réfrigérateur. Avoir une vraie conversation, ça m'affame, le contraire de Claire qui ne dévore que nouée. Il faut de tout pour faire une famille. Je me suis confectionné un club-sandwich avec toasts grillés, lamelles de gruyère, feuilles de salade, rondelles de tomates, bœuf froid, le tout arrosé de mayonnaise en tube, une vraie montagne et je suis revenue au salon où Rami m'a choisie avec force sourires honteusement intéressés : « Mais régime, mon Prince! » Ça débordait de tous les côtés, ma mère faisait semblant de ne voir que l'appétit, pas la saleté. Après ce que nous nous étions dit, pouvait-elle m'interdire de me lécher les doigts? Dommage!

« Combien de temps penses-tu rester là-bas?

– Samedi-dimanche. Emmanuel s'envole lundi pour l'Afrique. »

J'ai regardé la pendule : onze heures. Il savait maintenant. L'homme à la barbe lui avait fait ma commission. Peut-être lui avait-il décrit la visiteuse par la même occasion. J'ai pensé soudain : « Et si demain il ne venait pas? » Le vertige m'a envahie. Les yeux fermés, la tête dans les coussins, maman récupérait.

« Et pour la pilule, qu'est-ce qu'on fait? ai-je demandé. J'ai entendu parler de trucs prévus pour l'urgence, mais aller demander ça au pharmacien, je mourrais. Tu me conseilles quoi? »

Elle a poussé un gros soupir et posé les deux mains sur mes épaules.

« D'attendre, a-t-elle ordonné. Attendre de le connaître et de l'aimer encore mieux, de n'avoir pas deux jours devant toi mais toute la vie. »

J'ai essayé de rire : « Toute la vie »... comme les mères y vont! Je savais bien qu'elle me dirait ça.

« L'intéressé ne sera peut-être pas de cet avis!

– S'il est tel que Pauline me l'a décrit, je pense que si », a dit maman.

Un matin, Emmanuel avait dit de ma mère : « Si elle est telle qu'on me l'a décrite, elle comprendra. » J'ai souri en moi-même. Si tout cela ne tournait pas au désastre, ils s'entendraient bien, ces deux-là.

Nous avons vérifié les fermetures de la maison. Deux femmes seules, c'est tentant. Tout dormait chez Grosso-modo qui, depuis que le chef nous a faussé compagnie, laisse ouverts les volets de sa chambre pour entendre, au cas où. J'irais le voir demain avant de partir. Quelle était cette surprise qu'il me réservait?

Dans la salle de bain, je me suis placée contre le mur des mensurations. On a laissé exprès toutes les marques au crayon avec les noms et les âges à côté. C'était toujours le docteur qui opérait. Claire trichait avec sa coiffure gonflée. Moi, je restais désespérément la plus petite.

« Figure-toi qu'il y a du mieux, a remarqué maman. Encore un effort et tu auras rattrapé Bernadette. »

J'ai vu la Cavalière, son regard têtu, sa victoire.

« C'est mon but! » ai-je déclaré.

CHAPITRE 40

SI L'AMOUR ÉTAIT UN JARDIN

Benjamin court vers Gaillard, regarde, sur la tige, la poignée de fleurs délicates, approche le nez et respire, tire la langue et goûte, un peu de rose, un peu de mauve, rit comme un demeuré, bouche et yeux écarquillés.

« Eh bien, tu vois, tout arrive, dis-je. Tu me croiras maintenant! Aujourd'hui les fleurs, demain les pêches... »

J'appuie le doigt sur son ventre :

« Et après-demain, du bonheur dans l'estomac de monsieur. »

« Monsieur » prend ma main, la remonte jusqu'à sa poitrine.

« Il faut d'abord grandir dedans, dit-il, et quand on a bien grandi dedans, on peut grandir dehors et on donne un fruit, c'est ça?

– C'est ça! »

Je le soulève dans mes bras :

« Toi, tu seras philosophe-architecte : ça devrait donner de belles maisons.

– Qu'est-ce que c'est, philosophe? interroge-t-il.

– Des gens qui réfléchissent aux pêches, qui se demandent pourquoi diable elles poussent sur ces bouts de bois, pourquoi elles ont de si belles couleurs et sentent si bon, pourquoi on a envie de sourire en les voyant, à quoi elles servent et tout.

– Elles servent au dessert, dit-il, avec du sucre en poudre et une fourchette. »

Ouf! Quelque part, c'est encore un enfant. Coups de klaxon impérieux du côté de la belle voiture Démogée près de laquelle se trouvent maman, Paul et Pauline. On nous convoque pour les adieux. Ils vont je ne sais où rejoindre des amis et, comme d'habitude, nous héritons de l'enfant. Il ne pleurera pas. Il est habitué. Peut-être d'ailleurs préfère-t-il rester ici.

En me voyant, Pauline a un sourire en biais. Maman a dû lui raconter. Je ne le lui avais pas interdit.

« Il paraît qu'on fait un petit tour, aussi, Poison? »

« Poison »... elle se mord les lèvres. Le mot lui a échappé. Je lui souris.

« Maintenant tu peux. Au fond, ça me manquait! »

Mon beau-frère m'embrasse à son tour.

« Puis-je apprendre quelque chose à une ignorante?

– Ça n'est jamais de refus.

– « Avril », en latin, signifie « ouvrir ».

– Tout un programme, ricane finement Pauline en m'adressant un beau clin d'œil.

– J'y penserai », dis-je.

La voiture s'éloigne dans un grand bruit de moteur. Benjamin est reparti vers son arbre, guetter l'apparition des pêches.

« Moi, quand j'aurai un gamin, je m'en occuperai, dis-je. Je ne le larguerai pas à la moindre occasion. »

Maman a refermé la grille. Nous revenons vers la maison.

« Et si c'est une gamine et qu'elle décide elle-même de partir?

– Pour la pilule, on discutera... »

Elle s'arrête et rit. Je la trouve belle, ce matin. Elle, c'est la pêche bien mûre, c'est fin août.

« Il faudra que tu me parles de lui, dit-elle. J'aime ce nom : Emmanuel! »

Je supplie :

« Répète, répète-le. »

Etonnée, elle m'obéit :

« Emmanuel, Emmanuel. »

Je montre la fenêtre, là-haut, celle qu'elle partageait avec mon père :

« C'est qu'il faudra que de temps en temps tu le dises aussi pour lui. »

Grosso-modo est en train de livrer bataille aux mauvaises herbes du côté des noisetiers pourpres. Dès qu'il me voit il retire ses gants.

« Je t'attendais.

– Je viens d'apprendre quelque chose : « Avril », en latin, ça veut dire « ouvrir ».

Il montre, dans sa brouette, chiendent, liserons et compagnie :

« Je n'ai jamais fait de latin mais mon jardin me l'avait appris, figure-toi. L'ennui, c'est que la nature ne fait pas le tri et que tout s'ouvre, le bon comme le mauvais. »

Il plante là ses instruments et me précède dans l'allée, regardant au passage *La Marette* par-dessus sa haie taillée à cet effet.

« On a donc le petit pour le week-end, dit-il d'un air satisfait. Ça m'a l'air de s'arranger pour lui. Si on s'y met tous, il devrait s'en tirer.

– On ne peut donc jamais s'en tirer sans l'aide des autres? »

J'ai parlé avec agressivité. Il s'arrête.

« Exactement, dit-il. Est-ce que tu crois que tu es

venue toute seule au monde? Que tu as grandi sans aide? Eh bien, ça continue. Et les autres aussi ont besoin de toi. Et à force de tourner autour de son nombril, on finit par faire du sur place, parce que ces autres, ils ne peuvent pas avancer pour toi... »

J'en reste clouée. Il a parlé avec rudesse, lui, Grosso-modo. Il a parlé comme mon père, quelquefois, quand ça débordait. Il se prend pour qui?

« On ne peut pas tout faire à la fois : apprendre et avancer. Et cet hiver, j'en ai appris un paquet sur la vie. Dommage que ça soit passé par la mort.

– C'est comme ça, tranche-t-il. C'est souvent par leur contraire que les choses importantes te rentrent dans la tête. Le jour où tu vois mourir, tu comprends la valeur de la vie. Quand tu as froid, tu apprécies les bienfaits du soleil et on ne mesure jamais aussi bien son bonheur que lorsqu'il vous a faussé compagnie. »

Nous sommes arrivés près de son abri antiatomique. La porte est ouverte. Dès qu'il fait un peu doux, il aère. Il lui arrive d'y loger sa famille de passage.

« Et l'amour, dis-je. Le contraire de l'amour, c'est quoi? La haine? »

Il montre son jardin.

« Si l'amour était un jardin, tu le verrais comment?

– Bourré de fleurs.

– Et si la haine était un jardin?

– Des épines, des ronces, des plantes carnivores, des champignons mortels.

– Alors la haine n'est pas le contraire de l'amour. A côté de tes champignons mortels, il pousse les bons. Tout ça vient dans le même terrain. Il y a juste une question d'entourage, d'eau et de soleil. Sans compter le hasard. Le contraire du jardin, c'est le désert. Le contraire de l'amour, c'est l'indifférence. »

Puis il m'a précédée dans l'abri. C'était là que se trouvait la surprise : une sorte de contraire aussi. Ce que le chant de l'oiseau est au bruit des canons. Au plafond de la salle principale – neuf couchettes, coin salle à manger, alimentation d'urgence, masques et combinaisons – un beau nid d'hirondelle.

CHAPITRE 41

RETOUR AU LAC

La neige fond au bord des chemins. D'énormes boutons d'or se partagent les prairies avec les bouquets de gentiane. La couleur du ciel est dense, profonde : un autre ciel que celui de Normandie, léger et transparent. Au sommet des collines arrondies, les sapins montent la garde.

Et dans les prés-bois, voici les montbéliardes blanches et rousses dont le lait sera transformé en comté. Et je reconnais, là-bas, cette longue ferme tapie sous la pente de son toit. L'air est vif. Je le respire comme on boit à une source, avec l'impression de me faire du bien. J'en engrange aussi pour Marie : une bouffée pour elle, une pour moi. A cette heure-ci, hier, j'étais près de son lit et c'est elle qui, d'une certaine façon, m'a envoyée ici en me rappelant, pour en être privée, la valeur de la vie.

Le train m'a laissée à Frasne. Là, j'ai pris un taxi et je lui ai demandé de m'arrêter à quelques kilomètres de Malbuisson. Je voulais faire à pied le reste du chemin. La voiture s'est éloignée. Je n'ai plus entendu que le bruit de mon pas dans le frémissement de la campagne, le temps s'est comme arrêté, Emmanuel n'a plus été en moi qu'un lointain point sensible. J'étais venue le retrouver ici et c'était Charles qui m'attendait, mon père. Ces odeurs, ces bleu-vert et ces vert-noir, la douceur et la violence de ces paysages, nous les avions découverts ensemble. Ensemble, nous nous étions arrêtés près de cette scierie pour admirer les longs fûts de bois fraîchement écorcés, jaune vif, vivants encore. Je m'étais désolée que l'on abatte des arbres. Il le fallait afin que d'autres aient leur part de lumière et leur chance de grandir, m'avait-il expliqué.

Un homme passe et me salue :

« Bonsoir! »

On sent venir le soir. Il dore le lac immobile, éclat de temps suspendu. Je descends sur sa rive et m'assieds un moment près d'une barque à moitié enfoncée dans l'eau et les ajoncs. C'est moi qui ai décidé de venir ici, moi seule, et tout en prend une importance particulière, chaque pas, geste ou regard. Il me semble que j'ai rompu des amarres et c'est sans doute parce que je prends la mesure de mon minuscule sillage que, derrière toute cette beauté, je pressens la souffrance. Je me sens, devant la vie, à la fois très fragile, mais forte de l'avoir compris.

« Vous êtes venue seule? »

Le patron-cuistot des Terrasses s'étonne. J'ai débarqué directement à la cuisine par la porte de côté, comme en décembre, lorsque l'hôtel était fermé aux touristes. Il m'a tout de suite reconnue et administré les trois baisers réglementaires.

« J'ai des amis dans la région. »

Le nom : « Emmanuel », était sur mes lèvres. Je l'ai retenu pour n'avoir pas à répondre aux questions : il le connaît bien. Un autre cuisinier s'affaire, coiffé lui aussi de la haute toque blanche qui veut dire la fierté d'un métier, comme le nœud compliqué au tablier des bouchers ou le marteau dans le cercueil du père de Rose. Il me le présente : son neveu venu lui donner la main.

« Vous allez trouver du changement! C'est la saison : l'hôtel n'a pas désempli depuis Pâques. »

En dehors des Français, il y a beaucoup de Suisses et d'Allemands amoureux de nos paysages, nos truites, nos « Morteau » et notre « Jésus », sans compter tout le reste, étalé sur les tables ou mijotant dans les casseroles. Je pêche une morille dans un monticule qui fleure bon la forêt.

« Vous vous souvenez? Papa les adorait. Il disait que les cèpes, c'était bon, mais que dans la bouche, ça faisait trop « limace »...

Il rit et soupire à la fois :

« On a été bien tristes pour vous, dit-il. C'est qu'on ne s'y attendait vraiment pas! En tout cas, c'était un brave homme... et qui aimait ses filles. »

A part ça, le dîner est servi entre huit et neuf et demie; j'ai juste le temps de m'installer.

Une jeune femme me précède dans l'escalier dont je reconnais l'odeur : bois et tapis. Chaque lieu a la sienne. Odeur de Mandreville : pierre et marbre. Odeur de *La Marette* : papier peint et feux de bois. On m'a donné la « chambre de secours », tout en haut. Minuscule, mansardée, elle n'a pas été modernisée comme les autres. Dans sa coque de bois, le lit a cent ans. Je m'y connais : il va craquer! L'eau est dans un pot, sur la cuvette. Chambre de secours, « chambre S.O.S... » elle était faite pour moi. Et elle donne sur le lac.

La jeune femme a refermé la porte. Je jette mon sac au cœur du gros édredon. Ça y est, j'ai peur! Emmanuel revient en force, et la raison pour laquelle je suis là. Ça y est, j'ai mal! Me rejoindra-t-il? La solitude gonfle en moi. Mortelles, les chambres d'hôtel quand on souffre : aucune racine pour accrocher le regard, aucune voix familière pour vous raconter des moments meilleurs. « C'était un brave homme... » C'était!

Je vais à la fenêtre et l'ouvre grand. Je fixe au fond du lac l'église qu'on y dit engloutie et je crois que je prie. De toutes mes forces, je demande à cette incertaine lueur qui, pour d'autres, est lumière aveuglante, cette infime palpitation ou ce coup de tonnerre, ce point sensible où bien et mal, mort et vie se touchent et que, depuis toujours, les hommes ont appelé Dieu, d'accomplir ce miracle : aller me chercher parmi la multitude un être bien précis, à la fois semblable aux autres et parfaitement unique, me l'amener ici ce soir, me donner la force de lui parler; et, à lui, le cœur de m'entendre et de faire en sorte que dans ce monde de passants, nous devenions aussi longtemps que possible, indispensables l'un à l'autre.

CHAPITRE 42

LA RÉCONCILIATION

J'ÉTAIS dans le petit salon, là où pour la première fois, une nuit de décembre, de vent violent et de neige, j'avais rencontré Emmanuel. Onze heures avaient sonné. Il ne viendrait plus. Je l'avais perdu.

Un jour, j'avais vu à la terrasse d'un café, devant une boisson intacte, une jeune fille. Elle pleurait. Les larmes roulaient sur ses joues et elle ne cherchait pas à les cacher, comme si le regard des autres lui était désormais indifférent. J'avais deviné que quelqu'un n'était pas venu. Ce soir, je n'étais pas Marie mais cette inconnue à qui un homme signifiait, par son absence, une sorte d'arrêt de mort.

Les uns après les autres, les gens avaient regagné leurs chambres. Le patron s'était étonné de me voir rester si tard : quelque chose n'allait pas? Je l'avais rassuré : cela allait, mais je n'avais pas sommeil; et j'avais envie de lire un moment, ici. J'éteindrais tout, promis, je ne prendrais pas froid et, si j'avais soif, je me servirais au bar... Rassuré, il avait accepté de monter se coucher. La journée de demain serait rude pour lui : un déjeuner de communion, un banquet de mariage.

Je ne lisais pas. Je regardais des mots sans les

voir et j'entendais ceux qu'Emmanuel m'avait dits, ce premier soir : « La vie est choix. Pour se sentir à peu près bien avec soi-même, il faut regarder en face ceux que l'on a faits et les assumer[1]. » Pouvait-on, pour je ne sais quelle obscure raison, choisir sa solitude ? En mentant à Emmanuel, en n'étant pas au rendez-vous de Mandreville, était-ce ce que j'avais fait ? Je regardais mon choix et je le refusais. Je voulais Emmanuel, entendre sa voix et qu'il me prenne dans ses bras. Je n'acceptais pas de l'avoir perdu.

Je ne l'ai pas entendu entrer. J'avais pris ma tête dans mes mains et je luttais contre le vide. Quand je l'ai relevée, il était là. Il avait son blouson sur l'épaule et me regardait sans sourire. J'ai voulu venir à lui, mais il m'a arrêtée :

« Reste assise. »

Je n'ai pas reconnu sa voix.

« J'avais décidé de ne pas venir, a-t-il dit. Et puis j'ai eu scrupule à t'avoir laissée faire tout ce voyage pour rien. »

J'ai essayé de dire « merci », mais je n'ai pas réussi. Je n'avais pas prévu cette froideur. Rien ne pouvait m'arriver de pire : un étranger. Il s'est assis de l'autre côté de la table.

« Que me veux-tu ? »

J'ai murmuré :

« Il fallait que je te voie avant ton départ. »

Il a ri et, dans ce rire, j'ai vu le désert. Ni amour, ni haine : l'indifférence.

« Evidemment ! Et c'est ton heure et ta façon... la nuit, les matins à l'aube, quand on ne t'attend pas. Pourquoi fallait-il que tu me voies ? »

J'avais préparé des phrases, je connaissais les mots par cœur, parfois même je les avais trouvés

1. *Cécile, la Poison.*

beaux et émouvants, ils m'avaient tiré des larmes, parce que je m'étais vue les prononçant contre sa poitrine, dans sa chaleur, aidée par lui. Mais, comme le reste, ces mots m'échappaient : ils s'adressaient à un homme qui m'aimait, pas à lui.

« Je voulais te demander pardon pour l'autre jour. »

Il a eu à nouveau ce rire :

« Pardon? Mais pourquoi? C'était une façon comme une autre de me donner ta réponse, pas très élégante, ni courageuse évidemment, mais qui avait le mérite d'être nette. J'ai très bien compris. Tu n'avais aucun besoin de revenir t'excuser. »

C'était donc vraiment fini! Il a eu un mouvement et j'ai cru qu'il allait se lever et partir. Il ne saurait jamais la vérité.

« Il ne s'est rien passé entre Tanguy et moi, ai-je dit. C'est pour cela que je n'étais pas au rendez-vous : j'avais honte de t'avoir menti. »

Il s'est penché sur moi :

« Alors, pourquoi l'avoir fait? »

J'ai rassemblé mon courage. En parlant, j'avais l'impression de me perdre, mais si je me taisais, je le perdais, lui.

« Je ne sais pas. Peut-être par peur, de toi, de moi, de la vie aussi...

– L'as-tu aimé? » a-t-il demandé.

Cela a été comme un coup et je me suis détournée.

« Regarde-moi! »

Son regard avait changé. Il n'était pas indifférent, il brûlait, il exigeait la vérité.

« Je ne crois pas... Je ne crois pas l'avoir vraiment aimé. »

Je me suis sentie vide. Je venais d'avouer une défaite. Si j'avais tant voulu croire que j'aimais Tanguy, c'est parce qu'une illusion d'amour, c'est mieux que rien, et je lui retirais tout; je n'aurais fait que le trahir.

« Pourquoi es-tu venue me raconter tout cela ce soir? »

Il m'a semblé que la voix d'Emmanuel était plus douce, son regard aussi. Je ne me souvenais pas que ses yeux avaient cette couleur, ces éclats verts dans le brun. J'étais venue lui raconter tout cela parce que, lui, je l'aimais vraiment. J'ai dit :

« Parce que je voudrais qu'en Afrique tu penses tout le temps à moi. »

J'ai prononcé ces mots qui étaient des mots d'abandon, une barrière a cédé et de très loin, des jardins enfouis, de la broussaille, d'une Poison qui parlait et riait à tort et à travers, des mots renfermés et des cris étouffés, une bourrasque est montée. Elle est montée comme un orage à sec, avec des éclairs de douleur, de sourds et lointains grondements. J'ai étouffé. Il a tendu ses deux mains sur la table, paumes ouvertes. Je ne pouvais y croire. Il a prononcé mon nom. Alors, j'ai osé avancer mes mains, je les ai mises dans les siennes, il a refermé ses doigts dessus, j'ai su que j'étais sauvée, j'ai posé mon visage sur nos mains et j'ai laissé aller.

« Enfin! » a-t-il murmuré.

Sans lâcher mes mains, il s'est levé. Il est venu à moi, il est tombé sur ses genoux comme, peut-être, il lui arrivait de le faire pour un enfant, en Afrique, et il m'a entourée de ses bras :

« Tu en auras mis du temps... »

J'ai refoulé les sanglots, je me suis accrochée à lui et j'ai dit :

« Ce n'est pas tout, il y a encore autre chose.
– Oui, a-t-il dit. Oui... »

De la main, il a appuyé sur ma nuque pour que je revienne à ma place et, le nez dans son cou où je retrouvais toutes les douceurs, toutes les odeurs –

ses cheveux, la bouffée chaude qui montait de sa poitrine, ce mélange indéfinissable et si différent qui était l'odeur d'un homme dans une maison de quatre filles –, j'ai continué :

« Ni Tanguy, ni aucun autre, jamais. »

... La peur, la brouille totale avec moi-même, le dehors et le dedans, ce qu'il pouvait voir mais aussi ce que je cachais sous les gros chandails que ma mère se désolait de me voir porter...

Une sorte de houle m'a secouée : il riait. Sur la fin, cela ressemblait plutôt à une plainte mais c'est chose courante avec les rires de soulagement. Rire et plainte, encore un contraire sans doute. Rire et cri. Il a pris ma tête dans ses mains. Ce n'était pas facile de soutenir son regard après ce que je venais d'avouer, d'autant que pour cette soirée, j'avais choisi entre dix autres le plus long, le plus large pull-over de mon père.

« Qu'est-ce que je vais faire? a-t-il demandé. Moi qui t'aimais uniquement pour ce que tu cachais sous tes pulls, qui n'étais attiré que par ça! »

Il prenait de tels airs que j'ai ri aussi. Il a glissé ses mains sous mon pull, autour de ma taille. Il a relevé ma chemise pour toucher ma peau et cela m'a fait plaisir et peur. Il ne riait plus. Je me suis souvenue de son visage, sur le bateau. Allait-il vouloir faire l'amour? Ma mère s'était peut-être trompée.

J'ai pris ses mains sous mon pull et je les ai serrées dans les miennes.

« Est-ce tout, cette fois? a-t-il demandé. Plus rien qui traîne dans les coins pendant qu'on y est?

– Si, ai-je dit. Encore quelque chose. »

J'ai essayé de rire pour lui faire comprendre que ce que j'allais lui dire maintenant n'avait pas beaucoup d'importance, en tout cas certainement moins que le reste. Voilà, j'avais dû regarder trop d'images défendues avec Mélodie, trop espionner Bernadette et Stéphane par le trou de la serrure, quand j'avais douze ans, mais alors que tout le monde sautait le pas de l'amour naturellement et parfois même avec plaisir, en ce qui me concernait j'étais complètement verrouillée, morte de peur et tout. Personnellement, cela m'était égal; on en parlait hier encore avec maman qui disait qu'à la longue les choses s'arrangeraient. Mais lui, qui devait avoir connu toutes sortes de filles superbes, expérimentées et sans complexes, il ne fallait pas qu'il s'attende, là non plus, à des miracles avec moi. A part ça, je n'étais pas protégée contre les risques éventuels, cette fois j'avais tout dit.

Je pensais entendre son rire, mais pas du tout, pas un instant. Il a resserré ses mains encore plus fort autour de moi, il a approché ses lèvres tout près des miennes, sans les toucher et m'a attendue. Je sentais son souffle et l'immense soulagement d'être maintenant au clair avec nous, c'est moi qui suis venue! J'ai senti cette douceur et cet appel, c'est moi qui suis entrée! Et comme sur le bateau, à Honfleur, la vague est montée, mais cette fois je n'ai pas résisté et c'est lui qui a fini par m'écarter.

« Rien ne sera tenté sans votre accord, mademoiselle! »

J'étais d'accord pour l'embrasser encore. J'éprouvais un grand vide dès que je ne l'avais plus contre moi, mais il s'est levé.

« J'ai, moi aussi, quelque chose d'important à te dire, et qui ne peut attendre une minute de plus : j'ai faim! »

Nous sommes descendus à la cuisine en prenant toutes sortes de précautions, comme des voleurs. Le patron s'était avancé pour demain et, dans le réfrigérateur, nous avons trouvé tous les étages du gâteau de mariage, les choux, la meringue, la crème.

Nous étions extrêmement tentés, mais nous avons su résister et nous sommes rabattus sur des asperges et du « Jésus ». Pendant que nous dégustions, Emmanuel m'a appris qu'il avait tout deviné depuis longtemps : pour Tanguy, ma peur, les pulls et le reste. Plus j'essayais de jouer les femmes, les amoureuses, les affranchies, mieux on voyait en transparence la jeune fille épouvantée.

Je me suis indignée.

« Et tu ne m'as rien dit! Tu me laissais me couler!

– Je t'ai souvent tendu la perche. Tu refusais de la voir. C'était à toi de découvrir et d'accepter la vérité.

– Mais quand tu me parlais de ma sincérité?

– Les gens sincères mentent aussi mal que toi.

– Et tu serais parti comme ça?

– Cela t'aurait laissé le temps de réfléchir.

– Et si je n'étais jamais revenue?

– Je savais aussi que tu reviendrais », a-t-il dit.

CHAPITRE 43

L'ARBRE « ESPRIT DE FAMILLE »

PLUS tard, il m'a accompagnée jusqu'à la porte de ma chambre et là il m'a prise à nouveau dans ses bras. Je n'avais pas envie de le quitter. J'appuyais fort avec mes mains sur ses reins pour le lui dire et le mieux sentir contre moi, mais il a dénoué mes mains.

Il a déclaré qu'il me désirait fort, mais pas question que nous nous contentions de quelques heures, une ou deux nuits. Il voulait pour nous beaucoup de temps. Il n'était pas pressé : devant nous, il y avait la vie.

Je tremblais de fatigue, d'émotion et de bonheur. Il m'a soulevée dans ses bras et m'a posée sur le lit qui, comme tous ceux de son espèce, a protesté bien sûr. Lui, il allait dormir sur le canapé de la salle de télévision – ce ne serait pas la première fois – et demain il me monterait café et croissants.

Je me suis agenouillée sur le lit, j'ai levé les bras et je lui ai demandé, avant de me quitter, de bien vouloir me retirer mon pull-over, ce serait toujours ça de fait! Ce qui est monté en moi quand il m'a obéi, sans se hâter, en faisant durer le plaisir, m'a indiqué que pour la réconciliation générale, c'était plutôt sur la bonne voie. Il m'a dit en riant :

« Je vais très mal dormir à cause de toi... »

J'ai adoré, il s'est sauvé.

Je me suis calée aux oreillers, j'ai remonté l'édredon jusqu'au menton puis, par la fenêtre ouverte, j'ai regardé la nuit et, de l'autre côté du lac, les lumières d'un village qui s'appelle Saint-Point et qui est, paraît-il, lui aussi, un village fier et hospitalier. C'était la nuit mais l'aube en moi. Quelque chose naissait. Je sentais me parcourir comme un fourmillement, j'avais hâte. J'ai dit à Marie : « Ça y est! »

Je décollais! Ce qui me tirait, c'était cet amour que je portais en moi comme un enfant neuf et exigeant. Tout a sa vie : les hommes, les plantes, les animaux mais aussi les sentiments. Tout a son aube, son plein soleil de midi, son crépuscule et sa nuit. J'étais à l'aube de mon amour. Déjà il m'entraînait et je lâchais des mains. Sans rien renier, je m'éloignais de ce que j'avais vécu : vous mon père et ma mère, toi Claire, toi Bernadette et toi Pauline, toi Benjamin, vous Gabriel, Mélanie et Sophie, et tous mes compagnons d'enfance, au revoir un peu. Je vais aller mon propre chemin.

L'esprit de famille, je l'imagine comme un arbre, comme la sève qui passe dans cet arbre. Aucune branche n'est pareille, ne porte le même nombre de rameaux, de feuilles ou de fruits, mais toutes puisent leur substance à une même source. Il arrive que des branches cassent, que d'autres avortent, c'est souvent une question de lumière, on pourrait dire d'amour. Mais il y a aussi le poids de la neige, les assauts de la tempête, la maladie et la foudre qui, parfois, brûle en quelques secondes une partie importante de l'arbre. On le croit perdu, mais si les racines sont profondes, l'ensemble continue à vivre malgré tout.

L'esprit de famille n'est pas, pour moi, un arbre isolé. Il procure à ceux qui le désirent et s'arrêtent à ses côtés, ombrage, refuge et oxygène. Et lui aussi a besoin de son entourage, il s'en nourrit.

Il arrive cependant que certains, qui n'ont pas fait racines, éprouvent un malaise, ou même une souffrance en constatant l'existence de tels arbres. J'en ai connu. Face à leur épanouissement, ils ressentent davantage leur solitude et l'abondance des feuilles ou des fruits leur rappelle leur pauvreté. Ces fruits, ils les disent verts, ces arbres, ils souhaitent les abattre et, s'ils le peuvent, ils y inscrivent leur nom en lettres douloureuses, creusant des cicatrices qui ne se referment jamais tout à fait.

De l'arbre-Moreau, grandi dans le jardin de *La Marette*, j'aurais été l'une des quatre branches principales car je vois plutôt mes parents en former le tronc, ils s'aimaient tant! Une branche un peu plus courte que les autres et tournée plutôt du côté champignons que du côté soleil.

Mais aujourd'hui tout changeait. Un homme était venu, et montaient en moi des désirs irrésistibles de lumière et de fruits. Sur l'arbre, un nouveau rameau se formait; il s'en ajouterait d'autres et bien d'autres les entoureraient. Je me sens des appétits de forêt.

Et déjà, quelque part, je respire avec toi, mon amour. Ensemble, nous monterons haut. Nous viserons le ciel, nous le toucherons parfois, j'espère.

TABLE DES MATIÈRES

DU MÊME AUTEUR

Chez le même éditeur :

L'ESPRIT DE FAMILLE (tome I).
L'AVENIR DE BERNADETTE (L'Esprit de famille, tome II).
CLAIRE ET LE BONHEUR (L'Esprit de famille, tome III).
MOI, PAULINE ! (L'Esprit de famille, tome IV).
CÉCILE, LA POISON (L'Esprit de famille, tome V).
CÉCILE ET SON AMOUR (L'Esprit de famille, tome VI).
UNE FEMME NEUVE.
RENDEZ-VOUS AVEC MON FILS.
UNE FEMME RÉCONCILIÉE.

IMPRIMÉ EN FRANCE PAR BRODARD ET TAUPIN
58, rue Jean Bleuzen - Vanves - Usine de La Flèche.
LIBRAIRIE GÉNÉRALE FRANÇAISE - 14, rue de l'Ancienne-Comédie - Paris.
ISBN : 2 - 253 - 03885 - 7

30/6184/3